民國新聞專題史研究叢書

力佳專題 [印章]

倪延年　主編

第 8 冊

民國時期的圖像新聞業（下）

韓　叢　耀　等著

花木蘭文化事業有限公司

國家圖書館出版品預行編目資料

民國時期的圖像新聞業（下）／韓叢耀 等著 — 初版 — 新北市：
花木蘭文化事業有限公司，2020〔民 109〕
目 4+154 面；19×26 公分
（民國新聞專題史研究叢書：第 8 冊）
ISBN 978-986-518-125-3（精裝）
1. 新聞業 2. 民國史
890.9208   109010275

ISBN-978-986-518-125-3

民國新聞專題史研究叢書
第 八 冊   ISBN：978-986-518-125-3

民國時期的圖像新聞業（下）

作　　者　韓叢耀等著
叢書主編　倪延年
出　　版　花木蘭文化事業有限公司
發 行 人　高小娟
總 編 輯　杜潔祥
副總編輯　楊嘉樂
編　　輯　許郁翎、張雅淋　美術編輯　陳逸婷
聯絡地址　235 新北市中和區中安街七二號十三樓
　　　　　電話：02-2923-1455／傳真：02-2923-1452
網　　址　http://www.huamulan.tw 信箱 hml810518@gmail.com
印　　刷　普羅文化出版廣告事業
初　　版　2020 年 9 月
全書字數　261377 字
定　　價　共 12 冊（精裝）新台幣 36,000 元

民國時期的圖像新聞業（下）

韓叢耀 等著

目次

第四章　民國南京政府中期的圖像新聞業

　　歷史中的圖像新聞是社會時間、事件與空間的痕跡。1937 年 7 月至 1945 年 8 月，是中華民族全面抗戰八年的歷史時段，也是民國中期民族、國家、馬克思主義政黨——中國共產黨的成長時期，其圖像新聞活動伴隨著技術的發展及抗日戰爭全面爆發的大背景下，呈現出了特有的時代主題，即「抗日圖像」、「建設圖像」、「苦難圖像」、「粉飾圖像」等，幾種不同符號的主題呈交叉出現，既呈現著民國南京政府中期社會的複雜面相，又展示著中國抗日戰爭的艱辛與曲折。透過這些圖像新聞，我們可以窺視到當時國民黨、共產黨、民營資本、偽政權等主體的新聞活動下的政治訴求，以及普羅大眾在其中的生活情境。畢竟圖像新聞紀錄的不僅僅是「大人物」的歷史，更是由一個個「小人物」的「圖像像素」聚合而成的，而這些「小人物」正是歷史最偉大的動力——人民。本章對這一問題的論述，通過截取時代重要的圖像新聞事業，按照一定之類別對其進行分門別類的展示，主要依據的是圖像新聞所展示的主要內容而非其創辦主體。因為，須知抗日戰爭是中共共產黨、國民黨、海外華僑、美國等抗日同盟國協同一致的抗日，在這一時期，這些主體的新聞關注點都是一致的，也就是「一切為了抗戰」。所以，對其用主體等類型劃分，意義不大，而且有割裂抗日戰爭的嫌疑，故而對此主要通過圖像新聞的主體來進行論述。當然，也有敵偽等反動勢力的圖像新聞，這需要我們慎重地對其看待。本章內容只是盡最大可能的羅列，並不是完全的呈現，羅列的內容也十分有限，僅僅是部分具有代表性的圖像新聞，這是受限於篇

幅和整體編排的無奈，需要在此說明。另外，本章還將對這一時期的新聞電影做一簡單的概述。

第一節　民國南京政府中期的新聞攝影

與「九‧一八」事變後中日間展開的影像戰相比，1937 年開始的第二次中日影像戰，發生了很大的變化。在日本方面，其駕馭媒介的手段與技巧乃至伎倆，越來越成熟，越來越具有針對性和明確的目的性；而在中國方面，努力爭取「學夷以制夷」的被動傚仿尚未出現成果，但作為戰爭弱勢方的不足和欠缺卻顯而易見──因為環境和條件的限制，因為財力的匱乏，針對性的攝影畫報的出版和傳播，與前一階段的針鋒相對相比明顯下降，甚至幾近杜絕；而控制地盤的縮小和言論控制權的限制，使得中國新聞攝影的傳播受限，不斷壓縮出版物，轉而在有限人群中通過舉辦展覽的方式予以傳播──人群限於特定的對象，對外傳播被迫轉向對內傳播。

一、日本侵華攝影的謀略升級

早在 1937 年盧溝橋事件發生之前，日本國內已經為即將開打的新聞輿論戰做好了準備。由陸軍省、海軍省、文部省、內務省以及遞信（郵政）省於 1932 年聯合成立的非正式的情報委員會，在 1936 年正式改名為內閣情報委員會。隨著日本對華侵略的野心升級，軍事行動期望對外宣傳與情報工作做出更大的協助，1937 年 9 月，這個內閣情報委員會再次改組，成為擁有獨立權限的內閣情報部，獨立展開情報宣傳工作，也將日本的戰時新聞傳播體系，納入了軍部的戰爭體制之內。也是在這個月，數名大報和通訊社的主筆被抽調到政府新設置的內閣情報部，以進一步策劃、調度和管控戰爭新聞的發布與傳播，戰時輿論的統制從此真正進入了體制化。這與「二‧二六事變」後，廣田弘毅內閣將國民生活的各個方面都納入戰時體制相一致。表現在對大眾傳播業的控制上，是首先設立了擬議多年的國策通訊社，建立了一個能與英國的路透社和美國的美聯社、合眾社相抗衡的強大的國家通訊社，不僅統治國內輿論的生產與傳播，也提升了日本對外的國際輿論的生產能力。具體以軍部為中心，外務省和郵政省官僚配合，由全國日報社和日本廣播協會成立一個理事會，共同協力打造「國家主義」的宣傳系統，從而形成了戰時強力推行「言論國策」的體制；並以《同盟通訊社》的名義，網羅了一個擁有 1750

人的通訊社機構，保證以一個聲音面對世界說話；日本的攝影媒介傳播，從此迅速爬升到了與西方歐美通訊社相對等的地位。

圖 4-1　日本出版的《支那事變寫眞集》(日軍攻佔上海的照片)

隨著戰爭的升級，與侵華增兵同時進行的是，派遣大量的新聞記者包括攝影師參與到對戰爭的影像記錄和視覺傳播中。《朝日新聞》和《每日新聞》向中國大陸派出的採訪記者達到了 300 多人，「同盟通訊社」的特派員約有 150 人，而有的「大報社依靠其資金和組織，向中國戰線派送了 1000 人以上的特派員」[1]。

二、中國新聞界的攝影報國

早在七七事變爆發之前數月，中國新聞攝影界已經展開了對日本侵華陰謀的揭露和報導，這同時也從事實的角度，揭示了日本侵華並非偶然事件的觸發，而是蓄謀已久。《良友》畫報 1937 年五月號和六月號的幾組主題性攝影報導，作了極具說服力的明證。

上海的攝影記者表現出遠甚於其他城市的攝影者更為專業和敬業的職業精神，媒體尤其畫報業的發達，為攝影記者群體的誕生以及專業技能的培養提供了理想的條件。為了戰時傳播需要，一些報刊也適當採用了西方通訊社

1　（日）前阪俊之著，晏英譯：《太平洋戰爭與日本新聞》，新星出版社，2015 年 1 月，第 220 頁。

圖 4-2　抗戰爆發後，中國駐日大使奉召回國
（《良友》1938 年二月號，第 134 期）

的照片，有的則是西方媒體轉發的日軍隨軍記者的照片。這些照片讓讀者看
到了戰爭的兩個角度、兩個界面：日本艦船上的炮隊指向上海開始炮擊，正
在向閘北中國守軍陣地進攻的日本兵，這些照片同時配有在虹口區域激戰的
日軍遭到我軍的猛烈還擊，戰爭攝影報導開始呈現出立體化的趨勢。日軍入
侵造成的傷害，已經隨處可見，在《敵機不人道，肆意炸平民》中，上海南
站首當其衝，文字說：「敵機轟炸的對象，不外我國之文化機關，救護人員，
平民及逃避戰亂的婦孺，其殘酷不顧人道的暴行，已是舉世皆知，罪不容
恕。計自全面抗戰以來，敵機在上海、南京、廣州、漢口、杭州各重要都市
轟炸外，餘如松江、嘉興、蕪湖、汕頭等小都市，與各窮鄉僻壤，只要敵機
飛到的地方，均無不受其無目標的轟炸。但因敵機專炸無抵抗能力之平民，
故我軍事設備軍事機關等，反毫不受損。」[1]上海火車南站在八月廿三日遭到
轟炸後，當時在火車的平民有數百人被炸，平民屍體散落各處，慘不忍睹。
月臺上的遮蔽物狼藉遍地，幾張特寫照片顯示的是孩童的屍體。同時展示的
還有杭州火車站的被炸情景，一樣的殘損破敗，一節火車車廂被炸得斜挎在
房頂上；蘇州火車站的情景也是屍橫遍地，據稱當場死亡數百人；松江車站
的被炸情景更是慘不忍睹，當時五輛載滿難民的汽車悉數被炸，七百餘人死

1　《良友》，1937 年十一月號第 131 期。

傷，照片顯示被燒成焦炭狀的難民屍體，車體也只剩下一座空的鋼架；同時被轟炸的還有當時正行駛在松湖公路上的英國駐華大使許閣森的專車，雖然車頂畫有英國國旗，日軍仍不顧國際公法對其實施轟炸，專車受損，所幸大使逃過一劫。

圖 4-3　南寧光復後，展示訪問團在聽取張發奎軍長的介紹
（《良友》1941 年三月號，第 164 期）

　　王小亭在 1931 年後的攝影報導中，已經爲國內外所矚目；七七事變後，他以其英勇和機智，拍攝了大量抗戰一線的新聞照片並借其外媒記者的身份，將中國抗戰的新聞作了密集的對外傳播，他的非凡壯舉和輝煌業績令其名垂青史。1937 年的《我國空軍戰績》是王小亭拍攝的一組戰地照片集錦：四架戰機並列著飛過長城，飛赴晉北支持前線；這張照片顯示，長城沿線關隘仍在我軍掌控中。畫面極具氣勢和張力，在國難深重，危機重重的時刻，頗有鼓舞民心，壯大軍威志氣的作用。另一些照片顯示攝影師參與了隨機拍攝任務，俯拍的畫面中三架飛機正在黃河上空盤旋，另一幅照片是在空中近距離拍攝的一架標示「311」的戰機正在執行任務。在 1937 年第 132 期的《良友》中，王小亭拍攝的《閘北成焦土》，是戰時上海遭遇日軍蹂躪後呈現的可怕面目：「上海閘北爲我軍淞滬戰場之右翼，工事堅固，敵軍屢攻不逞。十月廿六日因大場失守，閘北形成突出之勢，故不得不忍痛退出，即軍事上所謂

『戰略的撤退』。退出時秩序井然，右翼部隊支持左翼防線，以致我軍全部退出後，敵軍方摸索前進，復懼怕我軍躲藏於民房中，乃開機關槍亂射，並爲復仇起見，命日浪人到處縱火焚毀，延燒數日，閘北遂成一片焦土，未及逃出閘北之我民眾，老弱者已爲槍殺，年輕力壯者已爲役使，婦女均被蹂躪。敵軍之殘暴兇惡，於此可見。本頁各圖，即我軍退出閘北後之情形」[1]。

　　中國共產黨對於影像抗戰的認識並不遜色，只是限於條件而因陋就簡。1937 年 12 月，中共在武漢創刊了《群眾》週刊，利用攝影新聞傳播事實和觀點的理念已經體現，創刊號發表了《西戰場上的一幕——抗日戰爭插曲》，照片反映了八路軍取得七垣村戰鬥的勝利後繳獲的日軍輜重車輛與騾馬。1938 年 1 月創刊的《新華日報》，照片新聞的比重大幅度增加，宣傳抗日根據地軍民英勇抗戰，爲臺兒莊血戰速寫配發了臺兒莊的運河、津浦鐵路棗莊車站的照片，彭德懷的文章《第二時期抗戰和我們的任務》配發了《八路軍克服阜平後當地群眾重回家鄉熱烈歡迎的情景》《八路軍戰士唱著勝利的歌前進》；此外，《黃河南岸我軍英姿》《我機槍陣地》《挺進冀察之八路軍》《我軍之高射炮隊》《河南平原上我軍炮隊》及戰鬥中的游擊隊、東北英勇作戰的義勇軍等照片，均具有很強的表現力。在揭露日軍侵略罪行方面，報紙先後刊載了日軍對武漢、華中大學、廣東新會車站等地實施轟炸後的慘狀，日軍槍殺中國百姓，從淪陷區逃到武漢的難童，保衛武漢殉難的烈士，多個城市和廣大的農村被日機轟炸後的慘狀等等，這些照片激發了邊區軍民的抗敵鬥志。在反映抗日根據地人民的生活與戰鬥情況的照片中，陝北公學學生的訓練、學習和出征，陝甘寧邊區的八路軍戰士開展的助民生產，抗日軍政大學畢業生走上前線，西北婦女戰地服務團開展工作等照片，切實反映了根據地軍民的實際，傳播了邊區軍民積極抗戰的訊息。1939 年記錄延安窯洞大學的一組照片，表現了延安抗日軍政大學及陝北公學的教學情況，表明其已成爲今日中國青年學生界之聖地，註冊學生已有數千人，然前往報名者仍然陸續不絕；一些照片展示了學校的學生宿舍、圖書室均設於窯洞中，上課則在室外空地舉行。「山麓下成列的窯洞，就是陝北公學的學生宿舍」；「延安軍政大學學員宿舍內景」，「延安軍政大學校長成仿吾和下屬在窯洞前合影」，「成仿吾校長在露天課堂上給學員們訓話」等照片，將延安抗日軍政大學的概況作了全面的介紹。

1　《良友》，1937 年第 132 期。

圖 4-4　攝影家范濟時、雷榮基、黃海升合影（《良友》1926 年，第 2 期）

三、攝影記者群體的誕生

隨著戰事趨緊，國共兩黨均開始重視包括攝影新聞傳播在內的輿論宣傳工作，組建和加強具有官方背景的攝影通訊社，成為新聞攝影採訪和發布的重要渠道；並且，對自由攝影師和民間攝影組織的支持亦日漸加重，此前一個時期由自由知識分子創建的民間攝影通訊社組織，也大多有靠攏和逐漸依賴於官方攝影通訊機構的傾向——自覺投靠軍政黨派組織從事專業的新聞攝影工作，黨派組織主動吸納具有攝影專業技能者以增強自身的新聞宣傳工作。

雖然抗戰時期有幾十種畫報在各地陸續出版，但若仔細翻看，提供攝影新聞的記者，主要集中在這樣一些人物中，即：王小亭、方大曾、魏守忠、伍千里、舒少南、蔣漢澄、宋致泉、張建文、宗惟賡、夏曉霞、卓世傑、蔣仲琪、俞創碩、顧廷鵬、沈逸千、席與群、杜鼇、魏南昌、黃劍豪、趙定明、秦泰來、陳昺德、程肇民、盧德初、向慧庵、何漢章、馬賡伯、蔡述文、焦超、黃寧民等等。他們有的隸屬於報刊社或者自由組建的攝影通訊社，有的供職於軍方或者官方的通訊社，其中也有的屬於兼職攝影師；有的是以自由知識分子的身份介入時局從事攝影的新聞傳播以實現其報國之志，

還有的是身在軍界又有拍攝時事新聞的興趣和便利條件。在「八・一三」淞滬抗戰期間，從當年報刊發表的照片中，在上海拍攝了此一事件的攝影記者和攝影師，有吳寶基、向慧庵、趙定明、夏曉霞、王小亭、何漢章、馬賡伯、蔡述文、焦超、黃寧民、席與群、杜鼇、卓世傑等；照片內容十分豐富，前線後方多有記錄，尤其是那些戰場一線的激戰場面，險象環生，驚心動魄。而在中共領導的解放區，一些業務精湛的攝影記者也正在崛起，沙飛、吳印咸、鄭景康、石少華、羅光達、徐肖冰、高帆、陳正青、鄒健東、郝世保、吳群、郝建國、裴植等等，還有幾位將軍在指揮作戰的同時，加入了攝影師的行列，積極拍攝戰況與戰爭景象。

下面是那個時期比較有代表性的人物。

方大曾。他在中國新聞攝影史上，如同一顆閃亮的流星，滯留的時間十分短暫卻照亮了很大的一片區域；他是那個年代裏的青年學生、以自由知識分子身份借助於攝影實現報國理想的典型，如果不是 1937 年後在前線失蹤，以其英勇與膽識、勤奮和智慧，他極有可能成爲王小亭、沙飛這樣中國攝影史上舉足輕重的人物。他的成就，足以佔據民國新聞攝影史的重要一頁。

圖 4-5　盧溝橋事變發生後之宛平（方大曾攝）

王小亭。在整個民國新聞攝影史上，王小亭雖然不是一個被湮滅的攝影家，但卻是一個被嚴重低估的人物。從 1923 年回國到 1949 年後返美，期間 1937 年因上海南站娃娃照片發表後受到日軍威脅短暫離開大陸暫避香港，王小亭有 26 年的時間用相機鏡頭不停地記錄著自己的國家在日軍侵略下的抗爭以及人民所遭受的苦難。《中國娃娃》這幅照片是值得一提的重要事件。1937 年「八‧一三」事變後，淞滬會戰爆發。8 月 28 日，日機轟炸上海火車南站，那裡聚集著大量準備逃離上海的平民，轟炸導致二百餘人傷亡，整個車站淪為一片廢墟。和其他記者一起趕到現場的王小亭迅速投入拍攝，那個孤零零地坐在鐵軌上哭泣的幼童，被他記錄在了僅存的一段膠片上；這段膠片畫面只有十幾秒，他截取了其中的一幀畫面，《上海南站日軍空襲下的兒童》這幅照片因此誕生。

圖 4-6　日軍轟炸上海南站後，坐在鐵軌上哭泣的男童（王小亭攝）

沙飛。1937 年「七‧七」事變後，沙飛疾步北上，毅然奔赴華北抗日前線，以太原全民通訊社攝影記者名義去八路軍方面採訪，在採訪中參加了八路軍，成為晉察冀軍區和晉察冀抗日根據地的第一位攝影記者。1937 年先後拍攝了：《平型關大戰勝利品》《塞上風雲》《向敵後進軍》《收復紫荊關》《蔚縣人民重見祖國國旗》等一大批反映中國抗戰的優秀作品，「向長城內外進軍的八路軍楊成武支隊」還被用作《晉察冀畫報》創刊號封面。同年 12

月，沙飛被聶榮臻司令員任命為晉察冀軍區政治部編輯科第一任科長兼《抗敵報》編輯部主任。1939年，沙飛在晉察冀軍區舉辦了《敵後抗日根據地──晉察冀攝影展覽》，這是中國共產黨領導下的抗日根據地歷史上第一次攝影展覽。

圖4-7　1938年春，八路軍在古長城歡呼勝利（沙飛攝）

　　鄭景康。出身名門，早期和吳印咸等人一樣接受了專業的美術教育，但在走上攝影之途的初期，商業攝影尤其是人像攝影的經歷，令他在影像價值的考量上具備了相當豐富的經驗。鄭景康是廣東中山人，原名鄭潤鑫，是中國近代早期資產階級改良派思想家、愛國民族實業家鄭觀應的第四子。1920年進入上海青年商業專科學校學習，1923年轉入上海美術專科學校學習，在學習繪畫的同時開始研習攝影。抗日戰爭爆發，處於危難中的國家，再一次激起了他以攝影報國的志向，他關閉了香港的「景康攝影室」，到達武漢擔任國民政府國際宣傳處攝影室主任，先後拍攝了一批日軍侵華導致的國家災

難以及中國民眾奮起抗戰的照片，其中有《國破家亡、流離失所》《媽媽！》《待賑》等，其中 1938 年在武漢拍攝的《逃難者》是他在這一時期最具影響力的作品。自盧溝橋事變，經淞滬會戰、太原會戰、南京保衛戰、徐州會戰，大片國土淪喪，武漢便成了眾多逃難者的聚集地。這名顛沛流離的婦女帶著幼兒坐在木船上，前程渺茫，無以為繼；哭泣的孩子與滿臉愁容的母親，彷彿成了外敵欺凌下的國家在此刻的一種象徵。

圖 4-8　逃難者（鄭景康攝）

　　石少華。抗戰時期的石少華在記錄中國共產黨領導軍民抗戰的過程中，拍攝了一大批頗具影響力的作品，《毛主席和小八路》《埋地雷》《白洋淀上的雁翎隊》《地道戰》《子弟兵母親戎冠秀》《飛簷走壁》《解放張家口》等，這些作品成為反映敵後抗日的經典之作。原籍廣東番禺的石少華，1918 年生於香港。他在 1932 年於嶺南大學附中上學時喜歡上了攝影。1938 年 4 月，他帶

著相機到達延安，相繼加入陝北公學、抗日軍政大學、高級軍事政治研究隊學習。在國際學聯訪問延安及抗大三週年紀念時，有相機、會照相的他，被指定拍攝照片。1939 年 9 月，被委派爲抗日軍政大學記者團團記者，隨隊前往敵後。在冀中抗日根據地，擔任八路軍冀中軍區攝影科科長。石少華的作品，始終具有政治思想的高度，具有鮮明的宣傳效果。1939 年拍攝的毛澤東和延安楊家嶺的農民親切交談的鏡頭，是極好反映領袖與人民關係的作品；農民們帶著草帽斗笠，有的紮著頭巾挑著擔，毛澤東側臉面對著他們微笑著問候，場景生動自然，彷彿是路途的偶遇，不期而遇充滿信賴的交談，見證了彼此關係的融洽；另一幅同一時期拍攝的《毛主席與小八路》也是極爲自然的一幅照片，毛主席攤著手掌在爲兩名小八路講述著，專注的神情，愉悅的表情，反映了領袖與百姓、與軍人之間的親密無間。

圖 4-9　毛澤東與延安楊家嶺的農民（石少華攝）

　　豐富的攝影實踐使他在攝影理論上也積累了寶貴的經驗，他也是中共新聞攝影後備人才培養中的骨幹人員；在冀中軍區，他先後開辦了兩期攝影訓練隊，1943 年調任晉察冀畫報社副主任，仍然致力於新聞攝影人才的培養。1943 年至 1948 年，共舉辦 9 期攝影培訓班，主持教學工作；他還先後撰寫了《新聞攝影與攝影記者》《攝影理論與攝影實踐》等專著，爲中共新聞攝影事業的發展，作出了非凡的貢獻。

　　下面是那個時期比較有代表性的攝影通訊社。

　　東北新聞影片社。簡稱東北影片社或東北社的這家攝影機構，在 1930 年 4 月即已開始供應新聞圖片稿。社址設在瀋陽，採製與發布的新聞照片，其內容主要限於東北地區；其實力之強，一度壟斷東北地區所有重要的、主要的新聞的攝影報導。北平的《世界畫報》《北晨畫刊》以及上海等地的報刊，都曾大量採用它的稿件，如《張學良就任東北航空司令後全體官佐高呼中華民國萬歲光景》《華北學生徒步旅行團攝影一張》等。1933 年有黑省抗日人物蘇炳文、李杜、王德林諸將軍之部下及眷屬乘坐無恙號由俄歸國、熱河邊境戰事緊急、北平軍隊陸續開赴前線等等。

　　東北社除了向媒體提供東北地區的新聞照片外，還承攝印製各種電影，出賃東北地區的時事照片。東北影片社業務範圍較寬，經營品種多，這是它與單純發布照片的其他大多數攝影通訊機構的一個顯著區別。

　　全民通訊社。是中國共產黨領導的新聞通訊社，1937 年 9 月根據周恩來的指示於在太原成立，全民通訊社的專職人員很少，周勉之、李涵、黃卓明等人負責，有戰地記者方仲伯、攝影記者方大曾等。全民社發布的攝影新聞，緊扣抗戰主題，頗具社會影響：日軍對我重要交通設施的摧毀始終不遺餘力，被日軍炸毀的黃河大鐵橋，毀損嚴重；鄭州地位一直為日軍所覬覦，屢攻不破，日軍乃動用飛機轟炸，平漢鐵路樞紐鄭州段遭日軍重點轟炸，鄭州華陽飯店等建築物被轟炸後一片慘狀；武漢舉行第二期抗戰擴大宣傳周。太原淪陷後，1938 年 2 月在武漢繼續發布文字、圖片稿件；1938 年，全民通訊社遷渝後在重慶蒼坪街設立社址及暗房；並專聘一位攝影記者，增發報導重慶市時事活動的圖片稿。在 1939 年 5 月重慶大轟炸後，全民社發布過「重慶血屠」的新聞照片。全民通訊社的照片，被滬港兩地的畫報、報紙等刊用了很多，特別是武漢保衛戰的照片引起了各方面的矚目。一組專題攝影報導為媒體廣泛採用，如：《淪陷後的平津現狀》《八・一三週年保衛大武漢》《重慶血屠（1939 年重慶大轟炸）》；其中 1938 年至 1941 年間出版的《東方畫刊》有較多刊載。1941 年 2 月，全民社宣告關閉。

　　武漢新聞攝影社。由舒少南於 1930 年主辦的武漢新聞攝影社，抗戰爆發後繼續向本地媒體和滬、港各地的報刊提供反映武漢戰時活動的照片。如武漢各界舉行兵役擴大宣傳周及兵役宣傳大會；在武漢舉辦的粵湘鄂贛四省特產聯合展覽會；平漢鐵路花河支線開工典禮；平港空線的處女航，歐亞公司

圖 4-10　廣西桂林抗日的男女學生準備出發
（廣西社，《良友》1938 年二月號，第 134 期）

圖 4-11　被日軍炸毀的黃河大鐵橋
（全民社，《良友》1938 年三月號，第 135 期）

以該航線爲國內最長途程而邀請中外記者乘機赴港，11 名新聞記者在起飛前與飛機合影；南京至北平、天津、青島、保定的四條長途電話線架設完成，軍政部長何應欽和北平市長秦德純在室內互通電話以示慶賀；漢口市公務員小學運動會上，武漢警備旅戰士表演格鬥術。1938 年報導了全國文藝界抗敵省會在武漢舉行，300 餘名作家齊聚武漢，並有一名不滿軍國主義的日本作家鹿地亙遠道來華，投奔我國反侵略運動。武漢新聞攝影社還拍攝了大量的日本俘虜照片，對世界廣播；拍攝了世界學聯代表在武漢等新聞照片。

此外，還有中華社、廣西社、遠東新聞社等。

第二節　民國南京政府中期的新聞漫畫

伴隨著抗日戰爭的爆發，中華民族揭開了空前悲壯的一頁，在國家和民族處於生死存亡的要緊關頭，中國文藝界以民族救亡爲己任，積極投身到全民抗戰的浪潮中。文藝工作者從各個角度，運用各種形式，創作出了大量反映時代精神與現實社會有機結合的藝術作品，深刻地記錄了歷史轉折關頭民族的情緒與時代的變化。正如茅盾先生當年曾經充滿激情所說的那樣：「我們的武器是一枝筆，我們用我們的筆曾經畫過民族戰士的英姿，也曾經描下漢奸們的醜臉譜，也曾經吶喊出了在日本帝國主義鐵蹄下的同胞的憤怒，也曾經申訴著四萬萬同胞保衛祖國的決心和急不可待的熱忱，而且，也曾經對日本軍閥壓迫下的日本勞苦大眾申說了他們所應做的事，寄與了兄弟般的同情。」[1]

一、抗戰初期的「漫畫戰」

1937 年 9 月 20 日，《救亡漫畫》在上海創刊，這是抗日戰爭爆發後出現的具有全國戰時漫畫運動中心刊物性質的第一份漫畫刊物，也是抗戰初期漫畫家開展「漫畫戰」的最重要陣地。五日刊，四開篇幅，每期可容納大小作品四、五十幅，並有少量文字。救國會七君子之一的章乃器爲該刊題寫了刊名。王敦慶負責編輯工作，魯少飛爲發行人，編輯委員會由各地的漫畫界代表組成，該刊擁有強大的作者隊伍：張光宇、葉淺予、張樂平、廖冰兄、蔡若虹、特偉、胡考、汪子美、沈逸千等等，他們都是全國漫畫協會的成員。《救

---

[1] 茅盾：《站上各自的崗位——〈吶喊〉創刊獻詞》，《吶喊》創刊號，1937 年 8 月 25 日。

亡漫畫》上的漫畫作品，主要是揭露日軍的殘暴行徑，宣揚中國人民抗戰必
勝的信念。該刊不僅在上海直接發行，而且還分別在南京、漢口、廣州、香
港等地版行，發行量居以往任何一種漫畫刊物之首。1937 年 11 月 10 日出至
第 12 期後，因上海淪陷而被迫休刊。該刊主編王敦慶在《救亡漫畫》創刊號
上發表了《漫畫戰──代發刊詞》一文，指出「漫畫是現代社會生活中最大
眾化的一種藝術。在太平盛世中，它能把握人間的弱點，以幽默的，諷刺的
或誇大的手腕批判人生，改造社會，監督政治；在戰爭的時期中，它也能以
同樣的手腕觸動人情的機微，鼓勵戰士們視死如歸，增加人民的愛國熱情，
給敵人以重大的打擊。」《救亡漫畫》是在戰爭爆發初期大量漫畫刊物停刊的
情況下，「『漫畫界救亡協會』不得不從事游擊的漫畫戰──指定作家義務地
爲各個抗戰刊物繪製漫畫，並派遣漫畫宣傳隊到各地去工作」而再次轉入漫
畫陣地戰的重要標誌，「是留守上海的漫畫鬥士的營壘。」[1]他們決心以此作爲
與敵人進行決死拼殺的陣地，以爭取抗敵救亡的最後勝利。

圖 4-12　蔡若虹《全民抗戰的巨浪》[2]
（1937 年 9 月 20 日）

1　王敦慶：《漫畫戰──代發刊詞》，《救亡漫畫》第 1 期，1937 年 9 月 20 日。
2　《全民抗戰的巨浪》，這幅漫畫新聞發表在 1937 年 9 月 20 日出版的《救亡漫畫》
　　第 1 期。

　　1937 年 9 月 20 日《救亡漫畫》在武漢問世時，該刊主編王敦慶在《漫畫戰——代發刊詞》中這樣說過：「自盧溝橋的抗戰一起，中國的漫畫作家就組織『漫畫界救亡協會』，以期統一戰線，準備與日寇作一回殊死的漫畫戰。可是不幸得很，在全面的持久的抗戰的序曲一啓幕，一向剝削我們作家的『漫畫販子』，便把幾個主要的漫畫刊物一律宣告死刑，所以我們的漫畫戰一開始便遭遇著類似漢奸的搗亂。」[1]這道出了一部分實情，即抗戰一開始，上海原來的幾家漫畫刊物都紛紛停刊了。停刊的原因當然不難理解，因爲在兵荒馬亂、一日三驚的日子裏，作家大都離開了原來的居所，工廠也停工搬遷，期刊的稿源和印刷等幾個必備的條件瞬間都成了問題，期刊停辦也就成了必

圖 4-13　流火《跳火山——日本侵略者之自殺》[2]
（1937 年 11 月 10 日）

1　王敦慶：《漫畫戰——代發刊詞》，《救亡漫畫》第 1 期，1937 年 9 月 20 日。
2　《跳火山——日本侵略者之自殺》，這幅漫畫新聞發表在 1937 年 11 月 10 日《非常時漫畫》第 1 期。

然。君不見，不僅是漫畫刊物停辦，其他領域的刊物也都或歇業或搬遷或停辦了，如《譯文》《文學雜誌》《中流》《光明》等著名文學期刊也都在這時與讀者告別。正是因為如此，1937 年 11 月 10 日在上海誕生的《非常時漫畫》就顯得格外引人注目。《非常時漫畫》，半月刊，江敉主編，上海五洲書報社出版，此刊以「非常時期的非常刊物，大型漫畫半月刊」為號召，內容上則是「以漫畫為主體，以救亡為中心」，宣傳抗日，號召全國人民、各黨派聯合起來，號召文藝工作者以筆為刀槍，積極投入到抗日的時代洪流中去。作品形式有漫畫、漫文、時事圖畫、照片以及木刻、帶圖文的記事等，內容都與抗戰有關。作者有江敉、汪子美、華君武、張鴻飛、陳雪生、余忘我、陳浩雄等等。可惜的是，該刊也只存在了一期，停刊原因雖然不詳，但應該遇到了同時期其他刊物不得不停刊的類似原因，則是大體可以確定的事實。

二、抗戰中期的「漫畫運動」

1938 年 1 月 1 日，抗日救亡漫畫宣傳隊在武漢創辦了《抗戰漫畫》半月刊。正如葉淺予在其為該刊撰寫的具有發刊詞性質的《〈救亡漫畫〉的第二個生命》一文中所說的那樣：「我們為繼續並擴大戰時漫畫的運動，必須貫徹奮鬥到底，所以不管《救亡漫畫》能否再掙扎他的生命，我們決以漫畫宣傳隊為中心，集合留漢同志，培養另一個新的生命，來刺激全國同胞的抗戰情緒，和敵人的惡宣傳作殊死之戰！」[1]因此，《抗戰漫畫》是《救亡漫畫》的繼續，是《救亡漫畫》的第二個生命。該刊不僅大量刊載宣傳全國人民抗戰業績和揭露日寇罪行的漫畫新聞作品，還同時報導了全國各地抗日救亡漫畫宣傳的動態。很多報導都十分感人，如山東的報導說，敵機正在轟炸，炮聲不斷，也許明天就退至山中繼續抗敵；西安的報導說，他們正在辦培訓班，要深入民間舉辦展覽，等等。這些報導在互通消息、交流經驗、相互砥礪方面，都起到了很好的宣傳鼓動作用。

《抗戰畫刊》，1938 年 1 月 5 日創刊於漢口。該刊初為旬刊，32 開本，由抗戰畫刊社出版，華中圖書公司發行。主編趙望雲，編輯高龍生、黃秋農、戴廉。特約撰稿人為馮玉祥、老舍、田漢、張光宇、張樂平、劉清揚、老向、何容、葉淺予等人。該刊雖並不是純正意義上的漫畫刊物，但漫畫是該刊的重要品種，則是不爭的事實，該刊除了每期設「漫畫園地」專欄發表 8～10 幅

---

1 葉淺予：《救亡漫畫的第二個生命》，《抗戰漫畫》第 1 期，1938 年 1 月 1 日。

圖 4-14 陶今也《游擊隊說：你真的佔領了嗎？》[1]
（1938 年 1 月 16 日）

漫畫作品外，還大量發表木刻漫畫、速寫漫畫等。《抗戰畫刊》共在武漢出版
14 期，1938 年 10 月武漢淪陷，《抗戰畫刊》由武漢移到長沙，因該地鋅版一
時無法鑴製，所以改用木刻形式印行，共在長沙印行了 6 期，即第 15～20
期，但此時已經完全不能按期準時刊行。此後不久，他們轉移到了桂林，又
印行了 3 期。1939 年 3 月，又經桂林遷移到重慶。編輯部先是設在兩路口附
近巴縣中學一所樓房內的馮玉祥辦事處，後來爲了躲避日本飛機的轟炸，搬
到璧山西門街王家院。值得一提的是，按照馮玉祥先生的意見，他們又用餘
錢收了一些青年學生，辦了一個抗戰畫訓練班。1939 年 8 月 10 日，該刊曾經
出版過 1 期《抗戰畫刊另輯》，由彭華士、張相天、蔡大木等人編輯，他們都
是在抗戰畫刊社訓練班學習繪畫的青年，因此，《抗戰畫刊另輯》可以看成是
該刊的一期學生作品號外。1940 年 1 月 30 日，該刊出至第 30 期時，由 32 開
本旬刊改爲 16 開本月刊。1941 年 1 月 5 日，《抗戰畫刊》出至第 2 卷第 5 期
後因資金不支而停刊，前後共出版正刊 34 期，另輯 1 期。

---

1 《游擊隊說：你真的佔領了嗎？》，這幅漫畫新聞發表在 1938 年 1 月 16 日《抗戰
漫畫》第 2 期。

圖 4-15　高龍生《千鈞一髮的表演》[1]
（1938 年 4 月 25 日）

1940 年元旦創刊的《抗建通俗畫刊》，是在重慶創刊的以登載漫畫為主的刊物。《抗建通俗畫刊》，月刊，每月 1 日出版，邵恒秋主編，宋步雲、王建鐸、艾德榜、何惟志、房公秩、黃子君、鄭伯清等任編輯，特約編輯有：王琦、老舍、孫伏園、郭沫若、高龍生、張文元等 22 人。

圖 4-16　房公秩《甕中捉鼈式的崑崙關的勝利》[2]
（1940 年 2 月 1 日）

1　《千鈞一髮的表演》，這幅漫畫新聞發表在 1938 年 4 月 25 日出版的《抗戰畫刊》第 1 卷第 10 期。

2　《甕中捉鼈式的崑崙關的勝利》，這幅漫畫發表在 1940 年 2 月 1 日出版的《抗建通俗畫刊》第 2 期。

三、抗日根據地及八路軍、新四軍的漫畫新聞

在中國共產黨領導下的抗日根據地，漫畫正成為全民抗戰的有效宣傳手段。

《敵人說：「皇軍不強姦。給你一元京票，陪我回去玩幾天」》。這幅漫畫新聞發表在 1939 年 12 月 29 日《新華日報》（華北版），作者是中國現代著名戰地記者華山。1939 年 12 月 25 日，《新華日報》（華北版）發表了其中第一、二兩幅，是揭露敵人表面宣傳「皇軍不殺人」，其實殺了無數的人的事實。這幅漫畫新聞是第三幅，所表達的新聞主題與第一、二幅相同，但角度和選材有所區別，它是通過揭露日軍宣稱「皇軍不強姦」的言論，與強拉婦女「給你一元京票，陪我回去玩幾天」的客觀事實的矛盾，來揭露日軍宣傳的欺騙性。

圖 4-17　華山《敵人說：「皇軍不強姦。給你一元京票，
陪我回去玩幾天。」》（1939 年 12 月 29 日）

《前門打虎，後門防狼！》。這幅漫畫新聞發表在 1941 年 2 月 1 日《新華日報》（華北版）。漫畫新聞的畫面上，一位共產黨軍隊的戰士手端鋼槍，既要迎擊前面日寇「虎」的「掃蕩」，又要提防後面國民黨頑固派「狼」的撕咬。兩面迎敵，雖然勇毅如常，但也勢必影響抗戰的大局。這幅漫畫新聞形象地描繪了共產黨軍隊當時所面臨著的複雜抗戰形勢。

《我正在後退，為什麼你倒前進呢？可惡的統一破壞者！》這幅漫畫發表在 1944 年 10 月 17 日延安《解放日報》上。抗日戰爭中，國共兩黨二度合作，共同對敵。畫面上，八路軍在追打日本鬼子，蔣介石則一手拿著「軍令

圖 4-18　青《前門打虎，後門防狼！》
（1941 年 2 月 1 日）

圖 4-19　張諤《我正在後退，爲什麼你倒前進呢？
可惡的統一破壞者！》（1944 年 10 月 17 日）

統一」的文件，一手拿槍追打八路軍，三方互相追擊，形成團團而轉的局面。
作者通過巧妙的構思和簡練的畫面構圖，把共產黨、國民黨和日寇三者之間
的複雜關係準確而深入淺出地表現了出來。

第三節 民國南京政府中期的新聞紀錄電影

中國的新聞紀錄電影眞正形成規模是在 20 世紀 30 年代之後。眾所周知，自其誕生之日起就與劇烈的時代變動緊密相連。這一時期，由於抗戰的爆發，使得中國電影前行的道路明顯地進行了遷移。不管是國家的需要，還是人民的呼聲，抑或是電影界面臨的殘酷的現實，均使得此時的電影事業被逐漸納入到了當時的政治、軍事的軌道，成爲了國家宣傳機器的一部分。在此之際，電影工作者也自覺根據戰時要求對電影的人物、對象及創作原則做出了調整。對於此，我們應該正確的認知，而不應該過於苛求時代及時代下的新聞電影人。我們之所以把三四十年代作爲一個相對獨立的階段來分段，也主要基於這一時期是中國電影的一個創作高潮，同時也是電影技術發展和應用的一個重要時期，是中國電影技術探索、學習和積累的重要時期。其中，這個時期，電影已經走出了兒童期，開始步入快速發展和較爲成熟的時期，電影技術的基礎也日漸成形，形成了一套基本的攝製電影的技術手法。其中最爲突出的代表作便是黑白有聲電影及彩色電影的誕生與普及。

一、大後方抗戰電影運動的興起

「九・一八」事變後，日本帝國主義的侵略從東北伸向華北。由於局勢的變化，我國的電影業也發生了很大的變化。在中華民族生死存亡的關鍵時刻，廣大電影觀眾在愛國進步電影的影響下，民族意識覺醒，在愛國主義的波濤衝擊中，廣大的青年學生、商人、市民以及工農各界，紛紛起來強烈要求收復失地，打到日本帝國主義。以西安事變爲轉折，在中國共產黨發出的聯合抗日號召下，抗日浪潮一浪高過一浪，「有錢出錢，有力出力」，「寧當戰場鬼，不做亡國奴」，這是當時比較普遍的口號。我國的影業亦積極參與了這一歷史之中，用電影的影像記錄了歷史、鼓舞了民眾。

以 1936 年金陵大學成立的教育電影部爲例。該校電影部是爲了培養電化教育人才並攝製新聞教育影片而服務的。在成立後，1937 年 6 月，抗日戰爭全面爆發前夕，華北的情勢日漸危急，主持電影部工作的孫明經與同仁們相互商量，希望通過「電影救國」，記錄現實，鼓動民眾的抗日救國熱忱。他們沿途北上考察，邊考察邊拍攝。今天，透過保存下來的斑駁影像，我們不僅可以看到徐州城郊舉止從容的舂米的農婦、穿梭于連雲港灣的船隻，同時也眞切的觀察到了日益逼近華北的戰爭陰雲。孫明經曾經這樣描述：「1937 年 6

月，中日關係日趨惡化，表面雖仍和平，虛事周旋，實則戰機已熟，一觸即發，苟再不及時作華北之行，恐將此『最後機會』，乃摒擋一切，兼程北上……於今回顧，足跡所至，或被佔領，或被炸毀，或在混戰區域，或成鬼魅世界，不禁感慨繫之！」[1] 據學者謝勤亮統計，從 1934 年至 1948 年，孫明經參加過 4 次萬里科學考察的拍攝工作，獨立攝製各種題材紀錄片 49 部，組織和參與拍攝則達近百部，是民國時期不可忽視的新聞紀錄電影的力量。但可惜學界對此研究還不充分，期待有志於此的青年學者不惜注力，勤懇於此。2004 年，一部由這批珍貴影像剪輯而成的系列片《世紀長鏡頭》在央視上映。孫明經同期拍攝的照片也被編輯成圖書《1937：戰雲邊上的獵影》《1939：走進西康》。一位研究者甚至將孫明經的教育電影活動與格里爾遜所發起的「英國紀錄片運動」相提並論，兩者都有人類學紀錄片成規模的嘗試。「從中國電影誕生到 19949 年的紀錄電影中，金陵大學教育電影拍攝時間最長、作品最多，具有明確理論主張和組織機構，這是中國第一次與國際電影基本同步的一場電影運動。」[2]

1937 年 2 月 5 日，埃德加・斯諾當晚在燕京大學放映了他在陝北拍攝的影片，到場的數百名青年，第一次看到了毛澤東、周恩來、朱德等紅軍領袖的形象和「紅旗下的中國」[3]。這是具有紀念意義的時刻，標誌著中國共產黨領導下的抗戰得到了電影界人士的重視，並且通過在銀幕上的身影展示，激發了更多的青年認知中國革命，對鼓舞中國革命、激烈青年人參加革命，認知偉大的中國共產黨的正義性與合法性是具有著極爲重要的積極意義的。

1937 年 11 月，隨著上海、太原的相繼失守，11 月 21 日，南京國民政府宣布遷都重慶，在遷徙重慶的途中，國民政府一度落腳武漢，大批電影技術人員及電影工作者相繼跟隨在武漢落腳。這一時期，如果說上海的抗日救亡戲劇電影活動是抗戰電影預備階段的話，那麼，武漢時期的抗戰電影活動，則標誌著大後方抗戰電影運動的正式開始。尤其需要強調的是中華全國電影界抗敵協會的成立和中國電影製片廠抗戰影片的投拍，是武漢時期抗戰電影活動的兩個重要組成部分。這一時期，其拍攝了大量的新聞紀錄電影，具體如表 4-1 所列。

---

1 孫明經：《1937：戰雲邊上的獵影》，山東畫報出版社，2003 年，導言。
2 張同道、朱影：《孫明經與格里爾遜：觀念、理念與實踐》，《電影藝術》，2006 年第 2 期。
3 見《北京歷史紀年》，北京出版社，1984 年版，第 310、328 頁。

表 4-1　武漢時期的新聞紀錄電影拍攝活動[1]

片　名	內　容	長度	編輯	剪　接
抗戰特輯（3）	1937 年 11 月～1938 年 1 月抗戰動態	5 本	羅靜予	錢筱璋
抗戰特輯（4）	臺兒莊戰役勝利、武漢人民慶祝遊行	6 本	羅靜予	錢筱璋
抗戰特輯（5）	武漢各界紀念抗戰一週年、火炬遊行、獻金運動、陣亡將士紀念碑奠基典禮	11 本	羅靜予	錢筱璋
電影新聞（44）	武漢婦女紀念三八節	1 本	羅靜予	錢筱璋
電影新聞（45）	武漢大紅站	1 本	羅靜予	錢筱璋
電影新聞（46）	武漢難童短期開學典禮	1 本	羅靜予	錢筱璋
電影新聞（47）	李必藩師長追悼會	1 本	羅靜予	錢筱璋
抗戰號外（1）		1 本		
抗戰號外（2）	武漢大會戰	1 本	羅靜予	
抗戰號外（3）	中國空軍長征日本	1 本	鄭用之	
七七抗戰週年紀念		3 本	史東山	
和平之應聲	世界學聯代表來華	1 本		孫師毅
南京專號	南京撤退前後	2 本		羅靜予
抗戰言論集（1）		1 本		鄭用之、羅靜予
抗戰言論集（2）		1 本		鄭用之、羅靜予
郝軍長哀榮錄		1 本		羅靜予
天主教大彌撒		1 本		史東山
盡忠報國	武漢傷兵重上前線	1 本		王瑞麟

　　當時的國民政府也認為，「作戰期間，思想與實力並重，電影在思想戰方面所具深入普遍之功能，實凌駕一切文字宣傳之上。中央方面雖有中央電影攝影場之設，顧限於技術人員及機件，殊不單獨應付全面之長期抗戰；上海電影公司方面雖經營較久，略具規模，但一受炮火威脅，則工作營業均將無

1　該表格數據內容摘自李道新：《中國電影史（1937～1945 年）》，首都師範大學出版社，2008 年版，第 26～27 頁。

法維持」,「照此情形,全國電影一入戰時,非但無應用與策應之可能,實際已無有存在之餘地。反觀敵人,則方以五百萬元投資於僞滿之電影事業,作統制電影之準備(上海外商之製片材料均已受壟斷)。以此例,被判若霄壤,在吾人既未許坐視新興電影產業之淪亡,尤不能不假此時期就僅有的設備作最大的利用」[1]。並且,1937年8月12日,國民黨中央宣傳部經國民黨第五屆中央常委會第五次會議通過,制定了《戰時電影事業統製辦法》。

在三四十年代的中國,各類事件層出不窮,這是中國的不幸,也是中國新聞紀錄電影的不幸,剛剛成長起來的中國電影業很快被日本侵華戰爭所打亂。但是電影業工作者不屈不撓,艱苦奮鬥,在艱難的環境中,用鏡頭紀錄了當時中國人民的抗日鬥爭,從這點上而言,中國電影人亦是革命鬥爭年代中的重要組成者。

二、日僞新聞紀錄電影的發展

談及中國三四十年代的電影新聞事業,就不得不提及日僞的電影新聞業,其作爲電影新聞的一個重要組成部分,我們要辯證的對其進行看待,要批性判地對其進行探討與分析,從中尋找日本侵略者對我國侵略的「影視新聞證據」以及對我國民眾和佔領區進行「奴化教育」的險惡用心。

具體而言,北平等地淪陷後,日本帝國主義打著「日華親善」的旗號,日本東和影片公司在北平西城府右大街黃城根四十三號設事務所。爲拍攝「東洋和平之道」,以示日本宣傳意圖。日本人經營的第一家「華北電影公司」,1938年7月7日在北平東城南沿河二十一號出現。其實,所謂「華北文化電影」,早在1931年九‧一八事變後,「文化電影」的電影攝影隊,就已先後進入華北、內蒙等地。與其說它是攝製介紹華北「風光景物與風土人情」,不如說它是專爲日本帝國主義侵略中國借拍攝電影的名義在華北等地收集我國軍事、經濟等情報,給日本政府和向日本人宣傳侵略意圖提供所謂「電影」。因而所製作的影片首先都介紹日本侵華戰局形勢,以及日本在華人生活情況,以激起日本人對中國地大物博的侵佔野心。

1937年8月21日,在東北吉林省長春市,日僞稱之爲「滿洲國」的新京,在大同大街成立了「滿映」,全稱「株式會社滿洲映畫協會」。在「滿映」

---

1 國民黨中央執行委員會秘書處檔案:《國民黨中央宣傳部制定的〈戰時電影事業統製辦法〉》,1937年8月12日。

設立之前，「南滿洲鐵道株式會社」（簡稱「滿鐵」），早已在大連（當時稱「日本關東州」）拍攝了一些紀錄片。「滿映」於 1937 年 8 月初動工興建，1939 年 11 月竣工。當時占地面積 163,963 平方米，建有六個面積各爲 6,000 平方米的攝影棚，有大小四個錄音室。是德國工程師仿照烏發電影廠設計的，裝備了當時最先進的電影機器設備，是遠東當時最大的電影製片廠。

圖 4-20　1939 年 11 月，上海大光明電影院在
說明書上注有「譯意風」設備的使用須知[1]

　　借助於這些技術條件及日本的對華軍事優勢，日本大規模的推行新聞奴化宣傳。另外，日占區的孤島[2]，也有一定的電影活動。但由於這一時期的「孤島」特殊的環境，居民的精神狀態異常複雜。他們有國破家亡的隱痛，往往因看不到戰爭的前途，有感於環境的險惡和時局的嚴峻而苦悶徬徨；另有一

1　圖片來源：《老照片》編輯部編：《老照片（第 32 輯）》，山東書報出版社，2004 年第 1 版，第 85 頁。

2　1937 年 11 月，上海北日本佔領，只有租界區尚未淪陷。這樣，從 1937 年 11 月中國軍隊撤離上海時起，至 1941 年 12 月 8 日太平洋戰爭爆發日軍進入租界為止，上海便形成了一個被人們稱為「孤島」的時期。

些人，則乾脆生活在醉生夢死裏，是較爲複雜的，可以說是夾雜著商業味道的，有一絲絲的抗日愛國精神的電影形態。

當然，這一時期的主調是抗日根據地和國統區的進步電影事業。就國統區而言，我們可以通過國民黨控制的「中電」來進行一個細緻的觀察和描寫。「中電」是國民黨中央宣傳部直屬的電影機構，正式成立於 1934 年。在其成立初期便對新聞紀錄電影的拍攝有一定的規定，「凡滬、漢、港、粵、平津等地均派有攝製技師」[1]，爲該機構攝製當地新聞或風土人情的影片，定名爲《中國新聞》，隨時運往各地公映。

三、國共兩黨新聞電影事業的發展

這一時期，國共兩黨爲了民族抗爭的需要，相繼推動了自身新聞電影的發展。受限於技術和社會環境，不可否認，這一時期是以國民黨新聞紀錄電影爲主流的，但共產黨新聞紀錄電影的起步和發展離不開這一時期中國共產黨新聞紀錄電影人及技術人員的艱苦奮鬥。

「中電原有的攝影場建在南京江東門外（即南京國民黨政府原廣播電臺邊），佔地約十畝。根據所能收集到的一些零散資料，對其格局大致可作如下還原：從大門進去經過接待室，即轉到辦公室。大小房間共十余問，分別是設置室、保存室、乾片室、化粧室、沖片室、洗片室、印片室、卷片室、剪接室、會議室、試片室、圖書館、影片儲藏室、電閘機房以及演員訓練班教室。由於房間不夠用，中電在左邊造了一間木屋作休息室，木屋後面造了一個大間偏棚作公共食堂，倒是別有風味。室內貼滿兩字標語，如仁義、清潔、肅靜等。」[2]

隨著戰事的吃緊，「中電」先由南京遷蕪湖，復由蕪湖至漢口，再至宜昌，最後抵達重慶。在這之前，其已積極投身抗戰紀錄電影的拍攝，先後拍攝了《盧溝橋事變》《空軍戰績》《淞滬前線》等。其後，隨著時局的發展，到 1941 年時，「中電」已有編導 5 人，演員 20 餘人，技術工作者 60 餘人以及其他事務人員共 100 餘人。重慶時期，「中電」以拍攝新聞紀錄片爲主，其次才是故事片。具體可見表 4-2。

---

1 方治：《中央電影事業概況》，載《電影年鑒》，電影年鑒編纂委員會編，出版年不詳，第 2 頁。
2 楊燕、徐成兵：《民國時期官營電影發展史》，中國傳媒大學出版社，2009 年版，第 46 頁。

表 4-2　重慶時期的「中電」新聞電影拍攝活動[1]

片　　名	時　　間	長度	編輯	攝　　影
東戰場	1938	3 本	徐蘇靈	
克復臺兒莊	1938	2 本	潘子農	
抗戰第九月	1938	2 本	潘子農	
蘇聯大師呈遞國書	1938	1 本		
武漢專號	1938	1 本		
中原風光	1938	1 本	趙　風	
抗戰建國一週年	1938	2 本		
敵機暴行及我軍東征	1938	2 本		
劉甫澄上將移靈	1938	1 本		
重慶的防空	1938	1 本		
活躍的西線	1938	3 本	潘子農	汪　洋
勝利的前奏	1939	3 本	余仲英	
南京專號	南京撤退前後	2 本		羅靜予
抗戰言論集（1）		1 本		鄭用之、羅靜予
抗戰言論集（2）		1 本		鄭用之、羅靜予
中國新聞第 65～67 號	1940			
抗戰中國	1940			
西藏巡禮	1940	10 本	徐蘇靈	陳嘉謨
新階段	1941	5 本		
第二代	1941	5 本	潘子農	
新疆風光	1943		徐蘇靈	汪　洋

　　需要說明的是，「中電」僅僅是國統區電影的一個縮影，此外還有「中製」、原設立於山西太原的西北影業公司等。他們共同把抗戰電影尤其是新聞

1　該表格數據內容摘自李道新：《中國電影史（1937～1945 年）》，首都師範大學出版社，2008 年版，第 70～73 頁。

紀錄電影的攝製推到了一個新的境界，顯示出了中國電影新穎、鮮活和獨特的生命力。

對於此，一則歷史記載十分有趣，筆者在此避繁就簡，將其摘錄，一位美國記者評論說：「中國抗戰以後每一個訪問中國的戰時首都的外國記者或是旅外華僑，幾乎都要到『中製』參觀一下。他們對於這常在轟炸威脅中產生大量愛國影片的『中製』感到濃厚的興趣和衷心的敬佩。一位從太平洋彼岸飛來的美國電影器材廠商訪問『中製』以後，甚至向它提出這樣的建議——他們願意以最近創製的 8 公釐膠片和放映機 120 部，以信用方式貸與中製，幫助完成普及全國電影放映網的偉大計劃。」[1]

1939 年「中製」增設新聞影片部，1940 年完成了大型紀錄片《民族萬歲》（9 本）[2]。一篇評論稱：「《民族萬歲》確是一部優良的紀錄片。因為它無論在形式或是內容上都有特色，它已經擺脫了一般新聞電影式的死板的剪輯，已經揚棄了新聞電影一般陳舊的講白。它經過了良好的『蒙太奇』，已經整個的成為有血有肉的東西，把很多的材料容納在『為民族解放而鬥爭』的偉大主題下了」；「《民族萬歲》最顯著的特色要算是對講白靈活的應用。在《民族萬歲》裏，我們可以看到安排三種不同的講白，有的出自講解，有的好像出自劇中人自身，還有一種好像普通對話。這種大膽的嘗試與應用，是值得欣慰的」，「帶有音樂的、節奏的、朗誦詩般的講白，增加了全片的氣氛不少。這是極有價值的嘗試。因為歷來一般的新聞片或紀錄片的講白老是停留在對畫面的死板的解釋的階段上，根本談不上創作」。[3]

同時，隨著電影技術的日漸成熟，電影技術開始在抗日根據地逐漸成形和發展起來了。1938 年 4 月 1 日，陝甘寧邊區的群眾組織——抗敵電影社在延安成立了，由高朗山任主任，趙品三任副主任，徐肖冰任技術部長。抗敵電影社在成立啓事中闡明其任務：「1、用抗戰中的血的經驗來教訓我們全中國的人民，使他們更堅決的走上抗戰的道路。2、告訴全世界人民，中華民族

---

1 〔美〕羅倫斯著，李威譯：《在抗戰中成長的中國電影製片廠》，原載重慶《掃蕩報》，1941 年 4 月 12 日。
2 這部紀錄片介紹了蒙、回、苗、彝各民族支持抗戰的動人事蹟和各民族的風土人情，片中關於藏、蒙、回同胞為前線將士捐獻糧食和苗族同胞在叢山中開闢公路的鏡頭令人感動。影片從籌拍到上映耗時 3 年時間，工作人員跋涉數千里，足跡遍及西康、青海等地。這部時長不到兩個小時的紀錄片受到廣泛好評。
3 徐昌霖：《〈民族萬歲〉觀後感》，載重慶《新華日報》，1943 年 3 月 1 日。

是怎樣英雄的在為著正義而抗戰著，並以活生生的事實，博得他們的同情和援助。」

此後的 1938 年 8 月，袁牧之和吳印咸攜帶大量的電影器材，由武漢來到延安。9 月，在中共中央的指示和關懷下，八路軍總政治部電影團成立。成立時，全團共 6 人，成立時的電影器材僅有伊文思贈送的一臺攝影機和 2000 呎膠片，從香港購得的一臺攝影機和 6000 呎 35 毫米負片與 16 毫米正負片各 2000 呎，一些沖洗藥品以及吳印咸個人帶去的三臺照相機。它的成立，標誌著人民的電影的萌芽，標誌著中國共產黨直接掌握電影宣傳工具的開端，在中共電影史上有著極為特殊的、重要的歷史地位。

總之，正如有的學者所總結的那樣：「戰爭改變電影的命運，電影又以獨特的方式影響戰爭。抗日戰爭與戰時中國電影，便成為解釋戰爭與電影關係的最好注腳。」[1]其實，這些改變在很大意義上也是中國電影技術的推動力，正因為電影技術的進步與擴散，使得更多的電影工作者可以接觸到電影，並且因為中國電影技術人員的辛勤研發，電影的一些關鍵技術得以在三四十年代的艱苦條件下自主的生產出來，成為了保障當時電影活動的重要技術支撐。總之，我們認為，電影技術推動了電影的發展，電影的發展又紀錄了三四十年代中國特有的時代社會內容，銘刻了我們中國人珍貴的集體記憶，並借助於當下和逝去的電影技術，煥發著生生不息的活力！

第四節　民國南京政府中期的圖像新聞出版

民國中期（1937～1945）的圖像新聞出版在中國近代圖像新聞出版史上扮演著極為重要的角色。戰爭是這一時期一切生活的中心，也是人們關注的中心。人們關注戰爭，並不是渴求戰爭，而是希望得到「戰爭的信息」，渴求中國對日戰爭的勝利。民眾的需求，以及時事的關注點，都推動了圖像新聞走向了對戰爭的關注。這一時期，出現了大量的對戰爭新聞進行報導的畫報，據筆者不完全統計，這一時期的圖像新聞，有 80%以上都是關於抗日戰爭的（筆者注：也囊括了敵偽圖像新聞的統計），這是時代的特殊性決定的，也是「戰爭年代」下新聞報導的必然折射。[2]

1　李道新：《中國電影史（1937～1945 年）》，首都師範大學出版社，2000 年版，第 289 頁。

2　本節的資料取得彭永祥、季芬的授權，同意使用《中國畫報畫刊》的部分內容。

一、抗戰圖像：民國中期的新聞聚焦點

《戰事畫刊》，The War Pictorial，1937 年 8 月 20 日（中華民國二十六年八月二十日）創刊於上海，《良友》圖畫雜誌的號外，每五日出版一期，16 開，黑白影寫版印製，每期刊載有 20 頁左右的圖像內容（包含封面和封底），由良友圖畫雜誌社負責編輯並發行，發行人爲余漢聲，每冊實價爲壹國幣（民國時期的貨幣單位）。社址在上海江西路 264 號，全國各大型書店經銷。內容主要涉及中國尤其是上海地區的戰爭態勢和進展情況。此畫刊在抗戰期間共出版了 19 個期次，其中第 19 期《戰事畫刊》的出版時間爲 1937 年 11 月 21 日。

圖 4-21　《戰事畫刊》封面

《良友戰事畫刊》，1937 年 8 月創刊，上海《良友》畫報社在「8·13」抗戰期間出版的圖畫雜誌號外，五日刊，16 開，網線版本，報導「盧溝橋血戰」、「上海八一三」抗戰前線的戰況及各地抗戰況，鼓舞了抗戰軍民的鬥志，受到廣大讀者的好評。1937 年 11 月上海淪陷，該刊僅出 19 期即被戰火吞滅。第 10 期刊王小亭拍攝的「平型關我大軍挺進」組照，第 11 期封面刊王小亭拍攝的「戰士出發抗戰、民眾車前勞軍」獨幅照片及趙定明拍攝的「家家

兒女送棉衣」組照，並刊出何香凝親筆寫的「贈前敵的親愛將士」詩「前者犧牲後者師，家家兒女送寒衣，感君勇敢沙場去，留得忠名萬古垂」的手跡。

《抗日畫報》，1937 年 9 月至 10 月刊行，該刊為《新生畫報》號外，上海新生出版社。存第 2 至 12 期。

圖 4-22　1937 年 9 月 21 日《良友戰事畫刊》
（第 7 期刊出小方拍攝的《已淪敵手之天津市》、
《敵故意摧毀我文化機關——南開大學已成灰爐》組照）

圖 4-23　《抗日畫報》封面
（刊出第八路軍總指揮朱德將軍在晉北抗日戰場前線的照片）

《抗敵畫報》，1937 年 9 月至 11 月刊行，上海抗敵畫報社出版。

《抵抗畫報》，1937 年出第 2 期。

圖 4-24　1937 年 11 月 15 日《抗敵畫報》
（第 10 期「晉北八路軍特輯」刊出的《八路軍的中堅》）

圖 4-25　《抵抗畫報》第二期封面
（上有文字「日寇侵入閘北縱火焚燒之慘景」）

《抗戰畫報》，1937 年 5 月 6 日創刊，上海抗戰三日刊社出版。

圖 4-26　1937 年 10 月 23 日《抗戰畫報》第二期內頁
（刊有《憑我血肉守此天險》系列照片 8 張）

　　《戰事畫刊・晉北戰場特輯》，1937 年 10 月 26 日創刊。第 14 期刊出晉北戰場我方主要將領周恩來、彭群楓、鄧小平、朱德合影以及鄧小平肖像，以上照片《戰時畫報》1937 年 11 月 3 日第 12 至 13 合刊一併刊出過。這些照片，滬、港報刊多次刊出。

　　《戰動畫報》，1938 年出版，署名為「第二戰區民族革命戰爭戰地動員委員會宣傳部」編。抗日戰爭初期國共第二次合作時可稱之為抗日畫報。

　　《八路軍雜誌》，1938 年在延安創刊，在西安製版，每期刊出抗日軍民戰鬥與生活、學習照片很多，刊行期較久。

　　《抗敵畫報》，1938 年刊行，石印，皖南涇縣雲嶺出版。

　　《抗敵畫報》，編輯兼發行人錢東生，旬刊，8 開 2 頁，中摺未留縫，石印，白報紙印，售價 2 分。社址在長沙下學宮街 29 號。每期刊木刻畫 3 組，每組 4 至 8 張，皆宣傳抗日，每期刊頭為時人畫像與宣傳畫。1938 年 6 月 10 日出第 1 期，1938 年 6 月 20 日出第 2 期，1938 年 6 月 30 日出第 3 期，1938 年 7 月 10 日出第 4 期，1938 年 7 月 20 日出第 5 期。

圖 4-27　1937 年 10 月 26 日第 14 期《戰事畫刊‧晉北
戰場特輯》內頁（上圖《準備向敵陣進襲肉搏殺敵之我
第八路軍大刀隊》，下為守衛戰士的三張照片）

　　《大地畫報》，香港大地畫報出版社出版，馬國亮主編，編輯為丁聰、莫
康時、鮑昌懷，督印人曹克安，發行人李青，8 開本，每期 36 頁，代售處在
南洋各地、重慶、美國、古巴等。較為真實地反映戰時生活。1938 年 11 月至
1941 年 3 月 3 日出第 1 至 15 期。1939 年春在上海出版 3 期，後休刊，至 1940
年 5 月在香港出復刊號，最後發行至 1941 年 11 月。

　　《戰時畫報》，香港人馬國亮主編，余漢生發行，1938 年 4 月出 37 至 55
期，與《良友》《中華畫報》同名。

　　《戰事畫報》，1938 年 1 至 6 月出 1 至 7 期，在《戰時畫刊》基礎上改用
此名在香港出版，五日刊。第 4 期為「八路軍抗戰特輯」，第 6 期「臺兒莊專
號」，第 7 期為「第五路軍抗戰專號」。此刊與之前章節列舉刊物同名，但刊
期與編號不同。

　　《大時代》，半月刊，大時代畫報社編，1938 年刊行至第 8 期。

圖 4-28　1938 年 11 月 15 日《大地畫報》第 1 期
（刊出《紅色的女兒》系列照片 3 張，顯示我國
各個城市女青年奔赴延安抗日的歌舞、學習、生活情景）

　　《大時代圖畫雜誌》，月刊，大時代雜誌所編，1938 年 7 月至 1939 年 6 月出至 14 期。

　　《鐵風畫刊》，創刊時間不詳，創刊於成都，胡克明、王樹剛編輯，成都鐵風出版社出版，主要內容是有關空軍及一般抗戰前方戰士的漫畫及版畫，現存 1940 年 6 月至 1941 年 2 月。終刊時間不詳。

　　《解放畫報》，晉察冀軍區政治部編輯出版，是華北敵後抗日根據地最早創辦的 16 開、單張兩面的攝影畫報，最早用日文照排、製版印刷的一種對敵宣傳刊物。1941 年 6 月出版第 2 期。本畫報在對敵軍展開攻心戰方面起到突出作用。

　　《前哨畫報》，1941 年 9 月創刊，蘇中一地委宣傳部主辦，編輯謝鏡生、石明、景正平，旬刊。1948 年改名為《火線畫報》。停刊時間不詳。

　　《前線畫報》，魏傳統主編，16 開本，延安八路軍總部出版，江豐、田野、蔡君虹、華君武、陳叔亮等攝、繪、編著名人士編輯，每一期都寫或畫一些內容。1941 年 10 月出第 36 期。

《山東畫報》，1943 年 7 月創刊於山東，主編康矛召，副主編那逖，山東省軍區政治部編印。第一期用十八集團軍山東軍區政治部名義出版，從第 2 期開始，改由山東軍區政治部山東畫報社出版。1～24 期，只刊登美術作品與文稿，16 開本。

《膠東畫報》，於 1944 年 6 月 20 日出版第一期，16 開本，主要內容為文字報導與圖畫、木刻，反映膠東大生產運動。8 月 15 日出版第 2 期，刊登潘昭拍攝的軍區第一屆戰鬥英雄大會照片 13 幅。10 月 20 日出版第 3 期刊登照片 10 幅。第 4 期、第 5 期分別刊登照片 10 幅和 17 幅。第 6 期用兩頁篇幅刊登了漢奸趙寶元與日寇密謀反共反人民的電報和信件的翻版照片。第 7 期封面刊登了特約記者孔東平拍攝的一幅勞動模範張富貴受獎得一頭大黃牛的照片。

《晉察冀畫報時事增刊》，約 1945 年創刊，晉察冀軍區政治部出版，對開一大張。停刊時間不詳，中國攝影家協會存 1945 年 9 月 15 日出版的第 3 期。

《抗戰八年畫刊——特寫畫報號外》，特寫畫報社出版，1945 年 10 月出一期。該刊物是專門紀念抗戰勝利出版的，僅此一期。

二、建設圖像：戰爭年代的不屈奮鬥

《百花臺》，1937 年 4 月 16 日創刊於天津，姚惜雲創辦。該刊為半月娛樂性刊物，每月 1、16 日出版，主編姚惜雲，文字編輯曹公豫、李雲平，圖畫編輯陳震，泰記印刷所印刷，三友出版社出版。撰稿人有王伯龍、王秀、江寄萍、李燕痕、沉浮、袁玉祥、唐槐秋、曹舞霜、趙侃如、魏病俠等，辛蓮平、陳金錕、王朱、蘇世、王達富、謝天等提供攝影、書畫、漫畫等作品。終刊日期不詳，僅天津市檔案館存第 1、2 期。主要內容是關於電影、話劇、戲劇等娛樂信息。

《奔騰》，上海奔騰社出版，文字編輯陳遠，攝影編輯鄭凱，圖畫編輯卓觀志。季刊，16 開本，1937 年 6 月 1 日出第 2 期。第 2 期刊出作品 28 幅，均有標題和作者署名，其中有周樹人的《雪壓柳絲春欲墜（北平）》和《冰雪飛雲（北平）》兩幅。除攝影作品外，還有國畫 3 幅，漫畫 3 組，文字稿及詩歌多篇。目的是「把所有的藝術綜合在一起，適合人群的需要。」該刊是個以刊登攝影作品為主的刊物。第 2 期出版後不久，「八・一三」戰事發生，第

3 期就在戰火中夭折了。

《競樂畫報》，競樂畫報社編輯發行。週刊，存 1937 年第十一卷第九期至第十二卷第十八期。本刊是同英文《體育週報》合併的中英文對照之體育娛樂畫報。刊載的內容有世界各地體育新聞、體育賽事及體育評論文章，介紹各種體育項目，刊登國內外運動員及體育比賽的照片、體育項目的圖解、中華全國體育協進會會訊。娛樂方面刊登國內外電影信息、影評、明星動態及照片等。

《救亡漫畫》，1937 年 9 月上海漫畫界救亡協會出版。王敦慶編輯，發行人魯少飛。五日刊，共出 32 期。

《抗戰生活》，1939 年 4 月 1 日創刊，晉冀魯豫邊區創辦。初為半月刊，1941 年 3 月起改為月刊。編輯委員會成員有何雲、張磐石、韓進、李伯釗、林火、楊獻珍、孫泱、王玉堂、陳默君等。1941 年 12 月併入《華北文藝》。

《摩登》，民國二十八年（1939 年）九月創刊，半月刊，摩登半月刊社主編發行。文化性、趣味性的大眾讀物。以使大眾獲有摩登的知識，瞭解摩登的生活，認識在戰爭時期應有的責任為宗旨。內容以刊登二戰時期歐洲戰場的戰況為主，有「歐洲大戰特輯」、「歐洲弱小民族特輯」、「西南現況特輯」。設有「國際秘話」、「歐戰半月志」、「上海趣味」、「人物　風土　山水」、「作家芳蹤」、「新秋小品」、「海外文壇」、「科學界」等欄目。偶有漫畫。存 1939 年第一卷第一期至第六期。

《三六九畫報》，1939 年 11 月 9 日（一說 10 月 9 月創刊）創刊於北京，三日刊，每月 3、6、9、13、16、19、23、26、29 日出版，16 開本 24 頁，北京進化社發行。綜合性畫刊，辦刊宗旨是要成為大眾的精神食糧，雖稱畫刊，但以文字為主，內容上時事佔有較大比重。內容包括世界知識、科學新聞、新舊文藝、小姐生活、戲劇電影、社會生活、各類珍聞。1943 年 5 月停刊，共 35 卷（除第二卷 36 期外，每卷 18 期）。

《大眾畫刊》，1939 年 1 月至 1941 年 3 月出 1 至 27 期，半月刊，福州福建軍分區黨部出版。

《伶星畫報》，余寄品編，香港 1939 年 4 月至 1940 年 2 月出版。

《世風》，畫報，上海中國圖書編譯館編印，1939 年 9 月至 11 月出 1 至 3 期。

《少年中國畫報》，週刊，少年中國畫刊社編，1939 年 12 月至 1941 年 9 月出版 14 期。

《今日中國》，1939 年 7 月在香港編印發行，國民政府軍委會政治部第三廳主辦，由漫畫家葉淺予任編輯，8 開本，今日中國出版社出版。以國外人士特別是各國首腦、政府官員、社會名流、使領館人員為對象，以宣傳中國抗戰的正義性為目的。圖文並茂，用中、英、法、俄四種文字編寫說明。刊用各攝影通訊社提供的新聞照片，也刊登攝影家在大後方所拍的各種照片，如郎靜山攝的《滇蜀之旅》等。從 1939 年 7 月至 1941 年 3 月，共出了 24 期，1941 年 3 月停刊。創刊號報導重慶火炬遊行，青年武裝農民，四川風景等。1940 年 9 月 2 卷 12 期刊載了郎靜山在四川、雲南拍攝的「滇蜀之旅」組照 40 餘幅，並報導了大後方動態、生產建設，地方風光。葉淺予主編到第 12 期為止，後由他人主編。

《大眾畫報》，1940 年中國美術家協會晉西分會編印。七七抗戰開戰之後，祖國東南各省市的電影、戲劇、美術等十多個團體，分別組建電影家抗敵協會、文藝家抗敵協會、戲劇家抗敵協會、美術家抗敵協會，由政治部副部長周恩來同志領導，郭沫若任第三廳廳長，專負抗敵文宣工作之責。各個協會負責編寫、印抗日宣傳節目，在街頭及農村演唱，激起大眾抗日情緒，還曾帶領各個協會到西北考察各地分會的工作。1941 年 5 月中華全國美術界抗敵協會晉南分會編印《新美術》出至第 3 期併入《華北畫報》。

《國際圖畫雜誌》，1940 年創刊，陳頻舟主編，上海國際圖畫雜誌社印行。1940 年 6 月至 8 月出 2 至 4 期。

《抗建畫刊》，1940 年 1 月創刊，抗建畫刊社出版，1942 年 7 月出至第 2 卷，現存第 8 期。

《勝利畫報》，1940 年創刊，勝利畫報社編印。

《士兵之友》，1940 年創刊於延安，在華日人反戰同盟延安支部機關刊物，日文期刊。月刊，後改為半月刊。1945 年 9 月停刊，共出版 60 餘期。

《遊藝畫刊》，1940 年 4 月創刊，負責人潘俠風。文化娛樂畫刊，半月刊，16 開本，每期 28 頁，1944 年 12 月停刊。以發揚戲劇功能、評定藝術價值、提倡正當的娛樂為宗旨，主要登載戲劇評論，劇種介紹、常識、小說、戲劇名伶劇照、生活照。對國內外電影界的明星、電影動態也有介紹。

《戰時後方畫刊》，創刊時間不詳，半月刊，成都戰時服務團戰時後方畫

刊社編輯出版，抗戰畫刊，主要內容是宣傳抗戰形勢，動員全民抗戰，軍民合作等並附有版畫、漫畫、木刻畫圖片等，現存 1940 年 7 月至 1941 年 5 月。終刊時間不詳。

《征訓畫報》，四川省軍管區編印。1940 年 6 月出第 3 期，1940 年 8 月出第 4 期。

《中國畫刊》，主編郭冷丁、黃至誠，發行人郭冷丁，西北文化日報社印刷，西安中國出版社發行，西安中國文化服務社西安分社發售。16 開土紙印，每期 24 頁，現存 1940 年 6 月 1 日第 11 期，欄目有圖畫、散曲、文字、藝術界消息；封面有黃至誠題字「節衣縮食呈現國家」，封面畫中有「國家至上」四字；第 2 頁刊增加生產的圖畫及文字「供給前方將士的夏衣」；第 3 頁上刊「仇志難逃一背紅」，下刊「糾正醉生夢死的生活」。

《建軍畫報》，1941 年 4 月創刊，廣東省兵役宣傳委員會，月刊，同年 12 月終刊。主要內容有圖畫：木刻、漫畫、素描、連續畫，文字：抗戰故事、文藝、戰時美術理論。重點是宣傳抗日、鼓舞軍隊的士氣。

《晉西北大眾畫報》，1941 年創刊，晉西北木刻工廠編輯出版，雙月刊。1942 年夏，停刊，具體時間不詳。

《兒童畫報》，1943 年 11 月創刊，新安旅行團主辦，主編王德威，半月刊。1945 年春停刊，具體時間不詳。

《拂曉畫報》，1944 年 1 月 1 日獨立出版，原為《拂曉報》副刊，月刊。1945 年 11 月停刊，與《蘇中畫報》一起合併入《江淮畫報》。

《民國日報·圖畫畫刊》，1945 年 12 月創刊於天津，1948 年 3 月停刊。

《上海圖畫新聞》，1945 年創刊於上海，上海圖畫新聞社編印，半月刊。1945 年至 1946 年 9 月出 1 至 17 期。

《勝利畫報》，1945 年創刊，上海大同出版公司編印，月刊。1945 年 9 至 12 月出 1 至 3 期。

《天津民國日報畫刊》，1945 年 12 月創刊，週刊，天津民國日報編輯部畫刊組編，總編輯龐宇振，總主筆俞大酋。該刊 8 開本 4 版。1947 年 12 月終刊，共出版 102 期。存 1945 年 12 月第 1 期至 1947 年 7 月第 102 期。綜合性畫刊。以介紹時事、宣揚文化、提倡藝術、灌輸科學為宗旨。刊登時事新聞、政治軍事、工業學術論文以及社會動態的照片等，還刊登藝術作品，如中西名畫、美術攝影、金石古器等等。

三、粉飾圖像：日軍敵僞的扭曲掩飾

《察哈爾新報》，1937 年 8 月 30 日創刊，僞蒙疆政府機關報。1938 年 6 月 10 日改名爲《蒙疆新報》，總編輯兼編輯部長王子揚，編輯部副部長張西川，採訪部部長先後爲鄭壽丞、劉見周。日刊，1945 年 8 月停刊。

《東西畫報》，1938 年 4 月創刊於上海，刊物上沒有發行人和主編的名字，說明其背景可疑。發刊詞上說：「這是一本東西有興趣的或有文化價值的畫報，我們希望用此報以增進東西民族的親善，且能得到互相諒解。」第 1 卷 1 期載有 1938 年 3 月南京僞維新政府成立，漢奸梁鴻志與日本燦俊六大將握手、南北漢奸頭目梁鴻志與王克敏見面等新聞照片；第 2 期刊有「維新政府」遷入上海市政府；第 5 期刊出意大利集中艦隻 200 艘供希特勒檢閱。從這些材料已不難看出它的背景。此報出了 4 期，於 1938 年 8 月改名爲《中西畫報》，似乎是感到「東西」二字不好聽。

《世界畫報》，1939 年 1 月創刊，半月刊，上海世界畫報社編印。新聞照片來自各國大使館和外國通訊社，內容以反映世界情況爲主，第 7 期起增加了中國的材料。第 1、2 期反映德國希特勒情況、美國擴軍備戰；第 3 期介紹德國閃電戰；第 4 期介紹英、法軍力；第 5 期爲美國與歐洲特輯，介紹英、德海空大戰，稱日本爲 x 國。第 7 期將中、英、法、德空軍照片平列對待，以示「中立」。此刊出至 1941 年 4 月停刊。

《新中華畫報》，1939 年 6 月創刊於上海，日本人出資，汪精衛政府創辦，主編兼發行人伍麟趾，月刊，每月月底出版，16 開本，40 頁，新中華畫報社出版，新中華畫報印刷局印刷。內容有中外戰事情況、各地風物、中外體育娛樂，全部爲新聞圖片，並配有中英文對照的說明文字，偶有漫畫。該刊完全站在日僞立場，爲日僞的侵略行徑搖旗吶喊。1944 年 4 月終刊，共出版 6 卷 4 期（共 64 期）。存 1939 年第四期至 1944 年第六卷第四期。

《時事畫報》，1939 年 3 月 5 日創刊於北京，《時事畫報》社編輯，《武德報》社印刷，華北文化書局發行，初爲 10 日刊，每 5 日、15 日、25 日出版，16 開本，36 頁。出至第 49 期，改爲半月刊，10 日、25 日出版，8 開本，36 頁。後又改爲月刊，每月 15 日出版，20 頁。1943 年 9 月 15 日停刊，共出版 99 期。該刊爲綜合類刊物，側重政治，是日軍操縱下的產物，鼓吹「大東亞共榮圈」。中國歷史上有案可循的《時事畫報》至少有 4 家。1905 年 2 月，晚清革命派的刊物《時事畫報》在廣州發行，爲時事政治漫畫刊物，1908 年被

圖 4-29　《新中華畫報》封面

勒停。1930 年 9 月創刊於美國芝加哥的中文時事畫報《時事畫報》，月刊。1950 到 1959 年間，另一本《時事畫報》由上海軍管會創辦於上海。這裡所說的《時事畫報》則是 1939 年創辦於北京。

　　《首都畫刊》，1939 年 1 月 1 日創刊，新民會首都指導部指導科宣傳股編，月刊，16 開。1939 年 1 月 1 日出第 1 期新年特大號，刊有首都民裝照片 5 張，近郊治安之強化、日寇檢閱四部自衛團照片，北郊農村實驗區照片 9 張，反共活動照片 2 張，臨時政府成立一週年慶祝大會照片 7 張，各級職業分會在懷仁堂照片 5 張，農民反共之熱情之周邊模範村照片 5 張，施粥廠照片 5 張，首都街頭景象照片 5 張，南郊農民獻區大會照片 3 張，「首都」大事記照片 3 張。

　　《遠東畫報》，1940 年 3 月創刊，用上海壁恒公司的名義發行。此時正是希特勒將在歐洲向英、法、比利時、荷蘭、挪威發動閃擊戰之際，該創刊號就用 15 頁篇幅吹捧第二次世界大戰的罪魁禍首希特勒。在刊登的題材中，大量散佈爲德、意、日法西斯軸心張目的宣傳材料。此刊於太平洋戰爭爆發後改名爲《歐亞畫報》，表示德國與日本一西一東、互相攜手前進之意。

《亞細亞畫報》，1941 年 8 月至 1943 年 6 月發行，月刊，東京亞細亞畫報社出版，爲日軍宣傳品，鼓吹對中國的侵略「有理」。

《大東亞戰爭畫報》（第二輯），1942 年 6 月 1 日印刷發行，華北政務委員會情報局編，臨時增刊，武德報社印行，8 開大本，20 頁白板紙印刷。非賣品，爲日寇宣傳品，最後封底有「大東亞戰爭終息之日，即東亞民族解放之時」等語。

《國民新聞畫報》，1942 年 3 月創刊，僞滿時期出版，新安（長春）圖片畫報社刊行，爲僞滿宣傳。

《大東亞戰爭畫報》，1943 年 10 月創刊於北京，華北政務委員會情報局主編，《武德報》社印刷、發行，不定期刊物，8 開本，24 頁。停刊時間不詳，僅存 1～3 期。該刊是汪僞政權的宣傳刊物，主要內容是宣揚日軍作戰英勇，及眾多「偉大」的侵略行徑。

《都市生活畫刊》，1944 年 6 月創刊於南京，朱先主編，南京市生活畫刊社出版。月刊，1944 年 6 月至 7 日出 1 卷 1 至 2 期。

四、外國人所辦畫報

《中國畫報》，China In Pictures，1938 年 3 月 1 日創刊於上海，主編即《大美晚報》美國人高爾特，發行人兼社長爲美國人史塔爾，8 開本，半月刊，美商英文大美晚報館出版。該報表面上保持中立立場，一方面刊載日本天皇和軍政要人的照片，一方面刊載前線抗日的照片。第六期曾介紹八路軍活動，並用朱德照片作爲封面。共出版 15 期，1939 年 11 月與《大美畫報》合併。《中國畫報》稱自己的刊物爲「中間立場」，報導中日雙方情況，從全部材料來看，基本上是傾向中國的。創刊號上刊載我軍擊落日本飛機及日本戰俘，稱我軍爲「華軍」，褒揚中國飛行員。稱北平漢奸政權爲「僞政權」。該期尚載有意大利空軍協助日本轟炸南昌航空學校的內容。第 6 期以八路軍朱德總司令爲封面，並介紹八路軍的情況。第 7 期介紹徐州會戰中臺兒莊我軍大捷，並以日本空軍戰俘照片作爲封底。所有畫報上的照片均未署名，這也是爲了攝影記者安全考慮的。

《大美畫報》，民國二十七年（1938 年）五月創刊（一說創刊於 1939 年 5 月）。以美商大美晚報名義出版，半月刊，編輯高爾特，發行人史帶，實際是由趙家璧、張（似）旭、伍聯德等人主持。該刊以在「孤島」時期「使大眾能知天下事」爲宗旨，發表了大量抗戰初期國共合作、全國軍民奮起抗日

的攝影圖片，如《臺兒莊戰役》《八路軍、新四軍雄姿》等，第一期至第九期封面分別印有國共雙方軍政要人的照片，如蔣介石、李宗仁、毛澤東、朱德。周恩來等，體現了擁護國共合作、一致抗敵的愛國立場。1939 年 11 月停刊。存 1938 年第一卷第一期至 1939 年第三卷第九期。

　　創刊號刊用了高爾特到漢口、廣州訪問蔣介石、宋子文、孔祥熙、葉劍英、馮玉祥等軍政要人的照片，反映了武漢「四‧二九」空戰，以及廣州被炸的情況。第 7 至 9 期，分別以朱德、毛澤東、周恩來 3 位共產黨領導人的照片作封面。第 9 期上還報導了上海人紀念「八‧一三」事件一週年的情況。這天，租界裏的中國人均懸掛國旗，舉行紀念，三個日本人駕車到勞勃生路，強迫華人將國旗摘下，在場美軍加以制止，雙方拔槍相向，日本人想逃走，被美軍拖下。英文《大陸報》攝影記者喬治‧萊克斯拍了現場照片，交美聯社對外發稿。第 2 卷第 1 期刊載全民社反映武漢軍隊、武漢文化人的照片。第 3 期刊張源恒拍攝的「重慶、貴陽見聞」，第 4 期刊吳寶基拍攝的「川軍在皖南」，第 5 期刊焦超拍攝的「四行倉庫八百壯士」滯留租界內的生活照片。這些照片鼓舞了「孤島」上的中國人民對抗戰必勝的堅強信心。

　　《遠東畫報》，1938 年 6 月 10 日創刊，月刊，美商大美畫報社在上海出版。刊登過國民黨軍政要人的照片，也介紹過八路軍的活動。同年 8 月，出版 4 期後停刊。後又以《遠東攝影新聞》名義出版。

　　畫報創刊號介紹了蔣介石、自崇禧、閻錫山等軍政要人，第 2 期介紹了馬克思和蘇聯的情況，第 3、4 期介紹了八路軍的情況。僅出版 4 期就被日本人和法租界當局強行命令停刊，即改名為《遠東攝影新聞》繼續向讀者介紹後方及全世界發生的重大新聞，從 1938 年 8 月出版至 1939 年 1 月以後即未見出版。

　　《中國畫報》《大美畫報》《遠東畫報》與《遠東新聞攝影》畫報均由美商英文大美晚報館出版。在 2 年內出現 4 種畫報，是由於當時特殊環境造成的。大美晚報地處法租界內，是在美國註冊的大美印刷公司所辦，他們在上海出版了英文《大美晚報》和中文《大美晚報》，社長史塔爾和總編輯高爾特，這些人相對來講是超然的新聞記者，而感情上是同情我國抗戰的，在《大美晚報》工作的中國人是熱愛祖國的，他們身處逆境，利用「美商」這塊牌子和全上海愛國的新聞工作者緊緊團結在一起，不畏艱險地與敵偽鬥爭，有的甚至為此而犧牲生命，精神十分值得敬佩。

《南洋商務畫刊》，新加坡南洋商務畫刊社出版，1939 年 2 月出第 3 期。

《大陸畫報》，大陸畫報社編，8 開本，36 頁，周星衢發行，總經銷處爲新加坡正興公司，在重慶、昆明、桂林等地亦有發售。1940 年 7 月出第 10 期，刊載戰時大後方工業，桂林、西北地區風光，淪陷時的上海公共租界收容乞丐等照片，還刊名攝影家劉旭滄、王勞生等三人的作品。

此外，抗日戰爭時期，由於中國抗日戰爭的重要性與世界地位的提升，美英等國有一些外國記者長期駐紮中國，用新聞圖像記錄了這個國家抗日戰爭的不易與對世界大戰整體勝利所做的偉大貢獻。如以下這些記者：

美國記者埃德加·斯諾（1905～1972），1928 年 9 月來到中國，任上海英文週報《密勒氏評論報》助理主編。1936 年 6～10 月往陝北採訪，與中共領導人進行詳細訪談，11 月在上海《密勒氏評論報》上首先發表有關報導和照片，1937 年出版《紅星照耀中國》。爲了便於在國統區發行，他於 1938 年將書名改爲《西行漫記》。他先後在西安、香港、武漢、重慶、成都等地投身於抗日鬥爭。

海倫（1907～？），1931 年到達上海，任美國總領事館秘書。1937 年，她在丈夫之後進入陝北，開始了長達數月的訪問，採訪了中共領導人，著《紅色中國內幕》。抗戰期間，她還著有《革命生涯：傳記》。

美國記者安娜·路易斯·斯特朗（1885～1970），1925 年來到中國。1937 年，她在第三次來到中國，從武漢到山西八路軍總部，採訪 10 天，寫了《人類的五分之一》一書，報導八路軍等的抗日游擊戰爭。1940 年末，她來到重慶，採訪蔣介石、周恩來等。1946 年，她第五次來到中國，用長達 9 個月時間先後訪問了陝甘寧邊區、晉察冀邊區和東北解放區，後來寫成了《中國人征服中國》一書。

美國記者阿本德（1884～？），1926 年來到中國，先任《北京導報》代理總主筆。1931 年，他首先報導了「滿洲國」的成立。1937 年 12 月，他第一個把日軍在南京的屠殺暴行公布於世。

美國記者伊羅生（1910～？），30 年代在上海《大美晚報》和《大陸報》當記者。

美國記者白修德（1915～？），1939 年被派往中國，在重慶任國民黨政府新聞部顧問，主持報導中國抗戰新聞。由於成績出眾，他很快成爲美國《時代》週刊駐遠東的首席記者。他曾穿過日軍封鎖線，到山西敵後游擊區採

訪。他 1943 年到河南的嚴重災區採訪，報導了災區慘絕人寰的眞相。1945 年
9 月 2 日，作爲記者代表之一，他在美國軍艦「密蘇里」號上目睹了日本投降
的儀式。

第五節　個案研究：《晉察冀畫報》

《晉察冀畫報》是中共晉察冀軍區政治部創辦的一份大型攝影畫報，也
是中國共產黨創辦的第一本以刊登照片爲主的綜合性畫報。畫報在時任晉察
冀軍區司令聶榮臻的支持下，由著名戰地攝影師沙飛於 1942 年 7 月 7 日創
辦。至 1947 年 12 月，《晉察冀畫報》共出版 13 期，刊登了以照片爲主體，
包括木刻、油畫等其他各種形式在內的圖像 1000 多幅。在此期間，畫報社還
出版了《晉察冀畫報叢刊》《晉察冀畫報月刊》《晉察冀畫刊》等多種刊物，
這些刊物均以照片爲主要手段，以生動形象的畫面宣傳中共根據地軍民的多
彩生活及中國軍隊抗擊日本侵略者的戰場情況。

一、《晉察冀畫報》出版概況

1.《晉察冀畫報》出版的時代背景

晉察冀抗日根據地是華北敵後抗戰的重要戰略基地。1938 年初成立時，該
區包括正太、同蒲、平漢、平綏 4 條鐵路線之間的山西東北部、察哈爾南部和
河北西部的山區、半山區和冀中平原地區。後逐漸擴展到包括綏遠（今內蒙
古自治區中部）、熱河（今河北省東北部）、遼寧等省各一部的廣大地區。

1939 年 1 月晉察冀軍區在平山蛟潭莊舉辦了首次影展，這次影展的影響
之大使聶榮臻進一步認識到，在根據地軍民普遍識字率不高的情況下，攝影
圖像具有超越文字語言的宣傳力量。這促使聶榮臻下定決心，撥錢撥物，支持
畫報的出版。此外，晉察冀的攝影活動開展較早，對外發稿、攝影展覽較爲
活躍。沙飛與羅光達等一批最早的攝影記者馬不停蹄奔走於根據地各地，拍
攝、積累了大量底片。這些資料是《晉察冀畫報》得以誕生的內容基礎。

2.《晉察冀畫報》的形式與內容

《晉察冀畫報》爲攝影類綜合畫報，照片是畫報的主體，佔據畫報的主
要篇幅。然而畫報的形式又是多樣的，正如《晉察冀日報》介紹畫報創刊號
時所言：「內分照片、美術、文藝等三部分，計刊銅版照片一百六十張，漫畫、
木刻約二十幅，文藝作品三萬到五萬字，說明文字爲中英兩種，內容充實豐

富。」[1]除照片外，美術作品、文學作品同樣佔據一席之地，形式也是豐富多彩。統觀 13 期畫報，美術作品有油畫、雕塑、漫畫、木刻等數種形式，而以木刻為多；文學作品有報告、小說、通訊、詩歌等形式。畫報偶而還刊載歌曲作品，如第五期的《英雄贊》，配有簡譜，方便傳唱。不過，總體而言，美術與文學作品所佔篇幅不多，並未削弱攝影作品在畫報中的絕對優勢地位。以主要反映抗戰活動的前 10 期畫報為例，所刊載的美術作品總共有 28 幅（組），與 800 多幅照片的體量相比更像是一種點綴。

畫報內容主要圍繞晉察冀根據地的軍民生活展開，極少涉及根據地外的各種活動，從這個意義上看，畫報內容應該相對單一。然而從實際情況來看，內容並不像想像的那麼單調。畫報以報導根據地八路軍的軍事活動為中心，對於八路軍和邊區百姓的日常生活、根據地的民主政權建設、日軍的殘暴惡行均有詳盡報導。就根據地的軍事鬥爭而言，內容涉及戰鬥實況、戰利品展示、演習、徵兵、閱兵、軍民關係、人民武裝、戰鬥英雄、部隊生活等多個方面。仍以前 10 期為例，如果對畫報所刊 800 多幅照片進行大致歸類，可將其分為三大類別：軍事鬥爭、民主建設和日常生活。

3.《晉察冀畫報》的編輯方針

聶榮臻指出，畫報「要把邊區抗日軍民對敵英勇鬥爭的光輝事蹟真實地報導出來，鼓舞人民勇敢鬥爭，同時要把我們的正義事業、鬥爭事蹟告訴邊區以外的人，爭取一切愛好和平的人民對我們的支持，我們的畫報要面向全中國全世界。」[2]會議最終明確了畫報的兩個目的：一是鼓舞鬥志，建立信心，爭取支持，達到抗戰勝利的目的，二是給人民、歷史留下真實的記錄。[3]這兩個目的具體而言可分解為三大任務：真實記錄歷史；宣傳抗日戰爭；鼓舞軍民士氣。簡言之，即記錄、宣傳和鼓舞。此外，聶榮臻特別指出畫報的發行範圍不限於邊區，而應擴大至全國、全世界，以宣傳抗戰的正義性，爭取各方支持。

畫報社在籌備期間，即按照這一思想組織稿源、進行編輯。抗戰五週年前夕，《晉察冀日報》以昂揚的語調宣布了創刊號即將發行的消息：「為了加

1　《晉察冀日報》，1942 年 6 月 12 日（轉引自伍素心編著：《中國攝影史話》，遼寧美術出版社，1984 年版，第 300 頁）。

2　顧棣：《中國紅色攝影史錄（上）》，山西人民出版社，2009 年版，第 32～33 頁。

3　顧棣、方偉：《中國解放區攝影史略》，山西人民出版社，1989 年版，第 197 頁。

強對邊區廣大軍民的宣傳教育，開展對敵偽的文化思想鬥爭，擴大邊區對國際國內的影響，建設新民主主義文化藝術的堡壘，軍區政治部晉察冀畫報社已於 5 月 24 日正式成立，……積極編印大規模的晉察冀畫報，該期畫報約一百頁，以五年創作所積蓄的優秀作品，全面地具體地反映我邊區的鬥爭與建設、成長與壯大，……預料該刊物將成為獻給抗戰五週年的藝術碩果。」[1]這段話可看作是對聶氏方針的進一步解釋和補充，提出畫報「宣傳教育」、「文化鬥爭」、「擴大影響」的功能，並強調其「文化思想武器」的作用。

4.《晉察冀畫報》的出版發行狀況

《晉察冀畫報》在正式出刊之前，先試出了一期「時事專刊」，於 1942 年 3 月 20 日出版。時事專刊選用了「志願義務兵役制的偉大勝利」、「狼牙山五壯士的故事」等 6 組新聞照片，出版後引起晉察冀各方重視，甚至受到延安和其他解放區的讚揚。畫報社受此鼓舞，決心在抗戰爆發五週年之時出版創刊號。在自然災害及日軍的封鎖和掃蕩的嚴苛情況下，畫報社克服各種困

圖 4-30　《晉察冀畫報》「時事專刊」

1　《晉察冀日報》，1942 年 6 月 12 日（轉引自伍素心編著：《中國攝影史話》，遼寧美術出版社，1984 年版，第 299～300 頁）。

難，在 1942 年 7 月 7 日如期出版了第一期畫報。創刊號豐富的內容和精美的印刷足以與戰前大都市的畫報媲美，因而受到了邊區軍民的熱烈歡迎。首次印刷的 1000 本遠遠供不應求，畫報社不得不又加印了 1000 本。

由於時局的不斷變化和敵後出版的嚴苛條件，沙飛試圖定期出版畫報的願望始終未能實現。然而，畫報社在不停地搬遷中仍堅持出版，從不言棄。畫報的出版是不定期的，編輯人員一邊躲避敵人的掃蕩，一邊編輯稿件，一俟印刷條件相對穩定，便開機印刷畫報。從畫報的出版時間來看，抗戰中的 10 期畫報間隔時間長的有 8 個月，短的也有 4 個月，平均約半年。抗戰勝利後，有接近兩年的時間《晉察冀畫報》處於停刊狀態，此時畫報社的主要精力集中在出版《晉察冀畫報叢刊》。直到 1947 年 10 月畫報才復刊，然而到 12 月一口氣出了最後兩期後就徹底停刊，轉而專注於出版篇幅更短、週期更快的《晉察冀畫刊》。畫報的篇幅也並不固定，第一期最長，達 96 頁，第十二期最短，僅有 20 頁。各期發行量相對固定，一般為 2000 冊，特殊情況下會加印。

圖 4-31　《晉察冀畫刊》

表 4-3　《晉察冀畫報》出版日期及篇幅一覽

內　　容	出版日期	期　　數	頁數
抗日戰爭	1942.07	《晉察冀畫報》第一期	96
	1943.01	《晉察冀畫報》第二期	40
	1943.05	《晉察冀畫報》第三期	38

	1943.09	《晉察冀畫報》第四期	44
	1944.03	《晉察冀畫報》第五期	74
	1944.08	《晉察冀畫報》第六期	38
	1944.11	《晉察冀畫報》第七期	34
	1945.04	《晉察冀畫報》第八期	44
	1945.12	《晉察冀畫報》第九、十期（合刊）	62
解放戰爭	1947.10	《晉察冀畫報》第十一期（復刊號）	30
	1947.12	《晉察冀畫報》第十二期	20
	1947.12	《晉察冀畫報》第十三期	44

二、《晉察冀畫報》圖像新聞生產場域

　　《晉察冀畫報》共十三期，如前文所解釋的，本文以反映抗戰的前十期《晉察冀畫報》為主要研究對象，故所有圖像統計數據均以這十期畫報為基礎。統計所採用的底本為《晉察冀畫報影印集》[1]，同時參照畫報實物翻拍電子文檔（司蘇實提供）。

　　十期畫報每期厚薄不一，所刊載的圖像數量也多少不等。第一期最多，有 170 張圖像，第五期最少，僅有 60 張圖像，不到第一期的零頭，其餘各期大多不超過 100 張。十期畫報總計 840 張圖像。需要說明的是，第八期封面、封底實為同一張照片，但由於分屬兩頁，故計為 2 張；而個別多格漫畫則按漫畫格數計數，有幾格計幾格。下文的所有分析均基於這 840 張圖像。

1. 圖像新聞生產的技術性形態

（1）圖像新聞的製作形態與製作地點

　　在所有 840 張圖像中，明確為新聞圖像的有 785 張，占 93.5%，版畫、頭像等其他圖像 55 張，僅占 6.5%。所有新聞圖像均為照片形式。非新聞圖像中，共有 20 張頭像照片，除第 7 期的鄒韜奮頭像為素描作品外，其餘 19 張均為照片。也就是說，十期畫報所刊載的照片達 804 張，占總數的 95.7%，具有絕對優勢。而大約同時期國統區出版的綜合性畫報往往刊登有較多的其他形式圖像。如馬國亮任總編輯時期的 59 期《良友》畫報，共刊登木刻、廣告、書法、風景寫真等圖像達 3283 張，平均每期達 50 多張。與這類畫報相

1　羅光達主編：《晉察冀畫報影印集（上，下）》，遼寧美術出版社，1990 年版。

比，《晉察冀畫報》的圖像形式相對單一，但對攝影圖片的運用更為充分，是更顯地道的攝影畫報。

圖 4-32　《攝影常識》書影

　　本文通過對《晉察冀畫報》的新聞圖像來源進行統計分析，發現畫報新聞圖像來源以晉察冀根據地為主，746 張新聞照片占到了總數的 95%以上，而來自國內外的新聞照片還不到 5%，這表明了畫報立足本土的鮮明特點。在本土新聞照片中，照片的地區來源則非常廣泛，西至五臺、代縣，南至井陘、武強，北至張家口、承德，東至唐山、山海關，報導內容覆蓋了根據地的所有縣區。至於根據地總部所在的平山、阜平一帶的軍政民生活，畫報更是進行了反覆報導。

表 4-4　圖像新聞報導區域統計表

變　　量	頻　　數	比例（％）
本埠	746	95.0
外埠	23	2.9
國外	16	2.0
合計	785	100

如果對報導場所進行具體分析，可以發現照片的拍攝地點從民宅、街道、辦公場所到農場、車站、會議現場，可謂豐富多樣。其中最多的是拍攝於戰場或前線的照片，323 張照片占到總數的 41.1%；其次是各種會議現場照片，占 23.1%，兩者占總數的 64.2%。這與晉察冀軍政一體化的政權特點有關。根據地的日常活動除了抗擊日偽侵略，還要經常開展民眾動員工作，所以拍攝地點以戰場和會議現場為主順理成章。

表 4-5　圖像新聞報導具體地點統計表

變　　　量	頻　　　數	比例（%）
民宅、私家庭院（屋內外）	39	5.0
街道、市集	52	6.6
辦公場所	29	3.7
舞臺、戲院、影劇院	6	0.8
自然界	23	2.9
港口、車站	2	0.3
牧場、農場	59	7.5
古蹟舊址	22	2.8
戰場、前線	323	41.1
會議現場	181	23.1
工廠	2	0.2
運動場	7	0.8
校園	5	0.6
其他	18	2.1
不明	17	2.0
合計	785	100

（2）圖像新聞拍攝週期與時效性

本文對《晉察冀畫報》新聞照片的拍攝時間和畫報出版的間隔時間進行統計，發現除 203 張照片未標注時間且無法根據說明文字推斷確切的拍攝日期外，餘者大都間隔 2 個月以上，比例高達 62%。其中，有的老照片甚至拍攝於數年之前，如第四期畫報（1943 年 9 月出版）刊載的一組攝影專題《紅軍時代的生活》，十幾張照片中拍攝時間最近的也有 6 年以上。有 95 張照片

的發表時間短於 2 月，占 12.1%，而短於 7 日的照片僅有 35 張，占 4.5%。這些照片的新聞價值如果以時效性來考量，顯然是大打折扣的，但是考慮到照片的技術屬性及流動出版之不易，這又是一個可以理解的現象。如果進行縱向考察，我們不難發現，發表時間短於 2 個月的照片均出現在出版時間較晚的畫報上，比如第九、十合集中的許多照片均短於 2 個月，許多甚至短於 1 個月。這說明畫報社還是考慮到時效性這一重要因素的，只要條件允許就會選用拍攝時間較近的照片。

圖 4-33　專題報導《紅軍時代的生活》

表 4-6　圖像新聞報導時效統計表

變　　　量	頻　　　數	比例（%）
7 日之內	35	4.5
8〜14 之內	0	0
15〜30 日	30	3.8
1〜2 月	30	3.8
2 月以上	487	62.0
不明	203	25.9
合計	785	100

2. 圖像新聞生產的構成性形態

（1）拍攝（製作）技術及傳播媒介

前文已經提及，《晉察冀畫報》是一份攝影圖像占絕對優勢的攝影畫報，不但所有的圖像新聞均為攝影新聞，人物肖像也大多為照片形式。非照片形式的其他圖像樣式包括木刻版畫、漫畫、油畫、雕塑等，但總量較少，十期畫報總計不過區區 30 多張。與抗戰前國統區的商業新聞畫報相比，《晉察冀畫報》的非新聞類圖像形式算不上豐富，既缺少商業廣告，也沒有那些畫報常見的國畫、書法、風景等圖像類型。由於這一以攝影為主體的辦報特點，本文將主要圍繞攝影和印刷這兩方面對畫報的技術形態加以探討。

圖 4-34 《晉察冀畫報》刊登的版畫

圖 4-35 《晉察冀畫報》刊登的漫畫

表 4-7 《晉察冀畫報》非新聞圖像統計

變　　量	頻　　數	比例（％）
木刻版畫及漫畫	27	49.1
人物肖像	20	36.4
油畫、雕塑、地圖	8	14.5
合計	55	100

　　創辦一份攝影畫報，通常必須滿足以下幾個最基本的物質條件：首先，應有一支訓練有素的攝影隊伍，保證畫報稿源；其次，應具備印刷設備及各種印刷耗材等物資；再次，充足的經費也是不可缺少的。[1]就技術而言，需要照相機、膠卷、化學藥品等攝影器材和製版機、印刷機、銅版紙、油墨等印刷設備和耗材，以及負責拍攝、編輯、製版、印刷的攝影師、編輯和印刷技術人員。

　　在物質、技術極端匱乏的晉察冀根據地，能否製作出印刷銅版成了刊載照片的關鍵制約因素。1941 年 4 月，晉察冀的照相製版試驗在新聞攝影科成功完成，解放區第一塊銅版誕生。銅版甫一試製成功，政治部副主任朱良才就在軍區政工會議上自豪地將之與「陝甘寧的廣播」並舉，認為「銅版工作之完成，畫報之出版，是敵後出版事業的新階段或新紀元」。[2]

圖 4-36　畫報製版情形

1　顧棟、方偉：《中國解放區攝影史略》，山西人民出版社，1989 年版，第 195 頁。
2　司蘇實編著：《沙飛和他的戰友們》，新華出版社，2012 年版，第 259 頁。

（2）創作者身份與讀者身份

蔣齊生先生曾對在晉察冀畫報、畫刊等刊物上發表過照片的攝影記者進行統計，除去化名、筆名等重複人名，計有抗戰時期 63 人，全國解放時期 157 人。[1] 據建國前的統計，至抗戰勝利時，晉察冀軍區的專職新聞攝影工作者已超過 100 人，至 1949 年達 150 多人。[2] 晉察冀文藝研究會的統計更為詳細，認為抗戰結束時晉察冀的專業新聞攝影工作者達 160 多人，並提供了精確的名單。[3] 當然，這 160 多人未必都在《晉察冀畫報》上發表過照片，而發表過照片的也未必都是專職攝影記者（如聶榮臻），但我們可以推想晉察冀的攝影網絡是具有相當規模的。這個網絡不僅對其他根據地的圖像傳播產生了積極的影響，而且從組織、人才、制度方面奠定了建國後攝影體制的雛形。

刊物的傳播範圍決定了刊物的讀者身份。雖然根據地處於被嚴密封鎖的狀態，交通、通訊均非常困難，但《晉察冀畫報》並未將自己的發行範圍限定在根據地內，而是要面向全國、全世界，體現出鮮明的外宣意識。聶榮臻在為畫報創刊號手書的題詞裏寫道：「五年的抗戰，晉察冀的人們究竟做了些什麼？一切活生生的事實都顯露在這小小畫刊裏。它告訴了全國同胞，他們在敵後是如何的堅決英勇保衛著自己的祖國；同時也告訴了全世界的正義人士，他們在東方在如何的艱難困苦中抵抗著日本強盜！」[4] 聶榮臻的這段話既表明了《晉察冀畫報》的傳播範圍，同時也表明了畫報的傳播對象。

（3）報導對象身份

對前 10 期畫報的 785 張新聞照片進行統計，發現涉及人物的照片 730 張，占 93%，不涉及人物的 55 張，占 7%。顯然，《晉察冀畫報》的圖像新聞始終聚焦於人物活動。少量不涉及人物的新聞照片，往往也與人物活動密切相關，比如戰鬥後的場景、繳獲的戰利品，在其他畫報中常見的風光類新聞照片幾乎不見於《晉察冀畫報》。通過對照片中的人物特徵進行分析統計，得到表 4-8。

1　蔣齊生：《新聞攝影一百四十年》，新華出版社，1989 年版，第 43 頁。

2　吳群：《華北解放軍的新聞攝影工作者》，《攝影網》，1949 年 9 月 1 日，第 2～7 頁。

3　晉察冀文藝研究會編：《人民戰爭必勝——抗日戰爭中的晉察冀攝影集》，遼寧美術出版社，1988 年版，第 342～343 頁。

4　羅光達主編：《晉察冀畫報影印集（上）》，遼寧美術出版社，1990 年版，第 7 頁。

表 4-8　圖像新聞報導涉及人物國籍統計表

（因部分照片有多國人物同時存在，故最終總數超過 730）

人物國籍	中　國	歐洲、美國	日本人	其他國家	難以判斷
報導量	695	40	29	10	0
比例	95.2%	5.5%	4%	1%	0

　　首先分析人物性別。以男性爲主的照片總計 652 張，占總數 910 張（部分照片因人物身份多樣而被重複統計）的 71.6%，男女均有的照片總計 214 張，占總數的 23.5%，而女性爲主的照片僅有 44 張，占總數的 4.8%。由此可見，《晉察冀畫報》是一份具有強烈的男性氣質的畫報，女性在其中更多作爲陪襯而存在。然而這並不意味著畫報存在著歧視女性的傾向，而是與《晉察冀畫報》的軍方身份有關。「戰爭讓女人走開」，一份誕生於戰爭之中、以戰爭爲主題的畫報顯然應該以男性爲主體。作爲畫報「臉面」的封面或封底對女性圖像的採用頗能說明問題。綜觀 10 期畫報，僅第三期封底《農家之夜》以女性爲主，第五期封面《鄧世軍、李勇、戎冠秀》合影男女均有，這與商業畫報通常以美女名媛作爲封面以吸引讀者的做法迥異其趣。

圖 4-37　《晉察冀畫報》第 5 期封面

表 4-9　圖像新聞報導涉及人物身份與性別交叉統計表

（因部分照片有多種人物身份存在，故總數超過 730）

報導量		圖片中人物的主要身份						
		軍官、士兵、兵俘	普通百姓、農民漁夫	官僚人士及其家屬	知識分子和藝術家	兒童、學生	不明及其他	總計
圖片中涉及的人物性別	以男為主	450	145	25	15	8	9	652
	以女為主	1	39	3	0	1	0	44
	男女均有	58	103	18	13	14	8	214
	合　計	509	287	46	28	23	17	910

　　其次分析人物身份。由於報導區域的侷限、創作主體的軍人身份以及畫報的編輯方針，《晉察冀畫報》中的人物形象身份相對單一。畫報的圖像新聞以本埠報導為主，所報導對象就其政治身份而言，主要有三大類：軍、政、民。由於攝影記者均為軍隊政治部門下屬的具有正式編制的部隊人員，並且軍政民三大主體中由於軍隊題材的接近性，顯然部隊新聞更容易獲得報導。加之根據地在戰爭時期所採用的軍政一體化的政治架構，這一切決定了畫報圖像新聞的報導特點，即以晉察冀軍區的部隊生活為主體、百姓生活為重要組成部分的敘事框架。考之以畫報的人物身份，正印證了這一論斷。在表 4-9 中，報導對象身份為部隊人物的有 509 張，占總數的 55.9%，遠遠多於其他人物；普通百姓 287 張，占總數的 31.5%，構成了第二大報導主體；其餘官僚人士、知識分子、兒童學生等構成了餘下部分，僅占 12.5%。由此可見，《晉察冀畫報》既是一份洋溢著男性氣質的畫報，更是一份具有強烈的戰鬥氣息的畫報。

三、《晉察冀畫報》圖像新聞構成場域

1.《晉察冀畫報》圖像新聞的形式構成

（1）圖像新聞的展示形態

　　與 1930 年代的各種攝影畫報類似，《晉察冀畫報》在圖像新聞的展示方面採用了多種形態，如封面圖片、單幅圖片、圖片故事、專題報導、插圖等，這些不同的圖像新聞展示形態各自發揮其敘事、指意特點，共同構成了畫報的新聞主體。

表 4-10　《晉察冀畫報》封面、封底圖片

期數	封　　面	封　　底	備　註
第 1 期	塞上風雲（一九三七年十月向長城內外進軍之楊成武支隊）	沙原鐵騎（一九三七年十月向冀西進軍的騎兵營）	均爲照片
第 2 期	宋主任委員代表邊區行政委員會向全體參議員報告政府工作	冀中平原上的爆炸戰	均爲照片
第 3 期	灤河曉渡	農家之夜（紡紗圖）	均爲照片
第 4 期	紅軍幫助人民收割	八路軍幫助人民收割	均爲照片
第 5 期	鄧世軍、李勇、戎冠秀合影	奪堡（冀中平原戰鬥寫眞）	均爲照片
第 6 期	克復後城	壓水	均爲照片
第 7 期	戰後遊陵（平北景陵戰鬥寫眞之一）	破浪前進（白洋淀水上游擊隊戰鬥寫眞之一）	均爲照片
第 8 期	向渤海進軍	向渤海進軍	封面封底爲同一張照片
第 9、10 期	部隊出山海關	高蹺隊載歌載舞歡慶勝利	目錄無，標題根據內容所加

　　單幅圖片。單幅圖片即由一張照片加相應的說明文字組成的能夠獨立傳播新聞信息的圖像新聞形式。在報紙這種以文字新聞爲主的媒體上，單幅新聞圖片是圖像新聞最常見的形式，但在以攝影圖片爲主的畫報類刊物上，單幅圖片並不佔據主導地位，而讓位於圖片故事或專題攝影之類的深度報導形式。在《晉察冀畫報》的各類圖像新聞形態中，單幅新聞圖片出現得較少，最常見的是作爲封面或封底圖片出現。

　　圖片故事和專題攝影報導。圖片故事通常按開始、發展、高潮、結局的次序展開講述一個完整的故事。專題攝影報導亦簡稱專題攝影，組成專題報導的圖片通常圍繞某一事件、主題展開報導，圖片之間的關係相對鬆散或獨立，整體呈發散型或綜合型結構。從報導的組織方式看，圖片故事通常由一人完成，專題報導可以由多人拍攝，由圖片編輯根據主題加以整合完成。

　　插圖照片。插圖照片是以文字爲主、照片爲輔的一種圖像新聞形式，從嚴格意義上講，這種形式應該歸入文字新聞。《晉察冀畫報》以攝影報導爲主，但每一期都編排有文字作品，如詩歌、小說、通訊、報告、特寫等，形式較爲多樣。

圖 4-38　專題攝影報導《優待俘虜》　　圖 4-39　第三期《悼雷燁同志》插圖

（2）圖像新聞的版面編排

抗戰時期的《晉察冀畫報》的版式設計處於發展過程之中。版面設計較為簡單，形式元素相對單一，裝飾圖、線條、底圖、色塊等各種版面元素未能得到更普遍的運用。版面設計未能充分考慮視覺傳播效果，對閱讀的舒適感重視不夠。一些內容豐富、元素較多的圖片尺寸較小，加之印刷質量良莠不齊，導致不少畫面模糊不清，直接影響閱讀效果。除了內容本身的宣傳性和鼓動性之外，對於各種視覺修辭手段的運用尚處於探索之中。不過這種狀況在解放戰爭期間的《晉察冀畫刊》上得到了明顯的改善，版式設計的整體感加強，版式語言更為豐富，各種視覺修辭手法的運用也更加成熟了。

2.《晉察冀畫報》圖像新聞的內容構成

從照片題材所覆蓋的空間來看，《晉察冀畫報》立足於晉察冀根據地，報導範圍基本包括了整個晉察冀根據地。渤海的漁民、冀中白洋淀的雁翎隊、長城上歡呼的士兵、喜峰口的八路軍、阜平的民主政權、平山百姓的踊躍參軍、平西妙峰山的哨兵、五臺山上八路軍的操練，無不在各期畫報上一一展現。

表 4-11　《晉察冀畫報》前 10 期照片分類統計[1]

期　　　數	抗日戰爭	民主政權	日常生活	各期合計
第 1 期	69	13	78	160
第 2 期	39	32	6	77
第 3 期	29	0	36	65
第 4 期	34	15	25	74
第 5 期	43	0	15	58
第 6 期	51	1	35	87
第 7 期	55	6	13	74
第 8 期	71	0	33	104
第 9、10 期	36	31	19	86
合計	427	98	260	785
占總數比例	54.4%	12.5%	33.1%	100%

圖 4-40　《救救孩子》（劉峰攝）

圖 4-41　爆炸英雄李勇

1　統計來源：楊健：《沙飛與中國共產黨敵後抗日根據地的圖像建構》，《上海魯迅研究》，2012 年第 2 期，第 155～166 頁。

圖 4-42　村民熱情參加競選（李途攝）

再次，《晉察冀畫報》的圖像內容以抗戰爲中心，全面展示了根據地的軍民生活。10 期《晉察冀畫報》共刊登照片 800 多幅（包括封面、封底、肖像）、美術作品 30 多幅。如果按題材內容進行分類，可分爲「戰爭、民主、生活」三大類型，這基本能夠反映晉察冀根據地的實際狀況，即一面進行抗戰，一面進行政權建設。戰爭題材是《晉察冀畫報》的報導主體，共有 427 幅，占全部照片二分之一強；而直接表現戰鬥的畫面達 203 幅，超過總數的四分之一。反映根據地民主政權建設的畫面雖然少於戰鬥畫面，但也接近 100 幅。

四、《晉察冀畫報》圖像新聞傳播場域

圖像只有在傳播中才能延伸其價值，發揮形象建構功能，因此晉察冀畫報社特別重視圖像新聞的傳播和畫報的發行工作。

1. 圖像新聞的內外傳播方式

（1）對國內外發稿

1941 年晉察冀新聞攝影科試製成功照相銅版，由攝影記者周郁文拍攝的《邊區人民反對反共內戰》刊登於 1941 年 4 月 14 日的《抗敵三日刊》第 4

版，這是晉察冀根據地在媒體上發表的第 1 幅新聞照片。隨後《晉察冀日報》也開始刊用攝影科提供的銅版照片，自此新聞攝影科對內發稿工作正式啓動。一年的時間內兩份報紙連續發表由新聞攝影科提供的照片近百幅之多。

隨著攝影培訓工作的開展，晉察冀的攝影隊伍急速擴展，短短一兩年就在各軍區、軍分區建立了覆蓋全區的攝影網絡。1942 年 5 月晉察冀畫報社成立後，除外出採訪、出版畫報、舉辦展覽等活動，還擔負著對兄弟單位、延安、國統區、國外發稿的任務。晉察冀根據地的《晉察冀日報》、延安的《解放日報》、重慶的《新華日報》都是晉察冀新聞照片的重要發表平臺。據不完全統計，自 1939 年至 1947 年，晉察冀向延安發稿 50 餘次，總數達 2000 張以上。[1]

國外發稿方式主要爲人員順帶，如通過來邊區訪問的國際友人、美軍觀察組、華僑參觀團、出國代表團、軍調執行組等方式將照片發到國外，[2]這種方式具有相當的偶發性。1946 年 6 月丁玲赴法國參加世界婦女聯合會時便帶去了 120 幅由晉察冀畫報社精選的解放區婦女活動照片。[3]香港正報社曾在報刊上連續發表晉察冀畫報社寄來的新聞照片，在報館舉行攝影展覽，甚至於 1948 年 3 月選編 59 幅照片出版《老百姓自己的軍隊》影集，作爲正報讀者愛報運動紀念冊贈送給香港讀者。[4]

《第二次世界大戰畫史》共收錄中共領導人及中共抗日根據地照片 35 張，其中有 21 張照片爲晉察冀畫報社提供，作者有沙飛、趙烈、劉峰、石少華、周郁文、袁克忠、雷燁、李途、孟振江、張進學等，沙飛的作品有 9 張。《中國抗戰畫史》收錄的中共領導人及中共抗日根據地照片數量更多，達 55 張。其中有 28 張照片爲晉察冀畫報提供，作者有沙飛、流螢、孟振江、董玉福、劉沛江、袁克忠、葉蒼林、雷燁、田野、石少華、蔡尚雄、楊國治、劉峰等，沙飛的作品同樣是 9 張。[5]

---

1 顧棣：《中國紅色攝影史錄（上）》，山西人民出版社，2009 年版，第 124 頁。

2 顧棣：《中國紅色攝影史錄（上）》，山西人民出版社，2009 年版，第 125～126 頁。

3 顧棣：《中國紅色攝影史錄（上）》，山西人民出版社，2009 年版，第 594～595 頁。

4 《革命根據地與解放區出版的新聞攝影畫頁、專集和叢刊》（見吳群：《中國攝影發展歷程》，新華出版社，1986 年版，第 356 頁）。

5 有人統計《中國抗戰畫史》共選用中共軍政首領、八路軍、新四軍以及根據地軍民抗戰圖片 150 多張（見馬光仁：《舒宗僑與聯合畫報》，《世紀》，2008 年第 1 期），經筆者統計實際只有 55 張。

圖 4-43　《第二次世界大戰畫史》關於八路軍的報導

（2）舉辦攝影展覽

在前畫報時代，攝影展覽是面向晉察冀根據地軍民進行宣傳動員的唯一方式。自 1939 年 1 月平山蛟潭莊舉辦根據地歷史上首次攝影展以來，攝影展覽這種展示方式就成爲整個戰爭時期最重要的圖像傳播形式，也是根據地攝影機構開展業務活動的重要內容。

攝影展是發揮照片宣傳動員作用的一種重要方式。晉察冀戰地攝影展通常靈活、及時、因陋就簡且成本低廉。畫報社創造了一種能迅速進行攝影宣傳的流動展覽形式，即將沖洗好的照片貼到裱有白報紙的大塊馬糞紙板上，在紙板上寫上說明文字，然後將硬紙板用針線縫在整塊長條布上。需要時將布打開掛到牆壁上，一次攝影展覽就開始了。展覽結束後，將布條疊起來便可以方便地帶走，以便舉行下一次展覽。並且爲了更充分地發揮照片的形象宣傳作用，有時還會派講解員在展覽時對照片內容進行講解。

圖 4-44　軍民參觀百團大戰攝影展覽（沙飛攝）

2. 圖像新聞的傳播路徑與對象

　　《晉察冀畫報》的發行首先依靠已經在根據地建立起來的發行系統。晉察冀的發行部門一是《晉察冀日報》發行科，一是新華書店系統。畫報出版之時，這兩個系統的運行網絡都已經建立完善，承擔著晉察冀的報刊、書籍的發行任務。從《晉察冀畫報》的版權頁可以看到，畫報主要經新華書店系統發行出去，但隨時間的不同發行主體稍有變化。具體而言，第一至四期分別由新華書店晉察冀分店、北嶽支店發行，延安新華書店各地分店支店及全國各大書局經售；第五至八期均由延安新華書店及晉察冀新華書店經售；第九期至第十三期則未注明發行和經售單位，九、十合集出版於張家口，十一、十二、十三期匆匆出版於阜平，未注發行單位可能與畫報社不停搬家有關。不過可以看出，《晉察冀畫報》的發行主渠道是新華書店系統，具體操作方式是通過交通員或交通站分發到各個地區。

　　託人順帶這種最原始的傳播方式在晉察冀地區得到了充分運用。比如1942 年 8 月晉察冀畫報社進行整編後，擔任採購兼部分編輯工作的徐飛鴻調回延安魯藝，臨走時沙飛請他把《晉察冀畫報》創刊號和時事專刊帶到延安，給毛澤東、周恩來和朱德等中央領導。[1]而凡到晉察冀邊區訪問或工作的外國

1　顧棣：《中國紅色攝影史錄（下）》，山西人民出版社，2009 年版，第 582 頁；王雁：
　《鐵色見證：我的父親沙飛》，社會科學文獻出版社，2005 年版，第 158 頁。

人士到晉察冀畫報社作客後，都會獲贈《晉察冀畫報》及放大照片。通過這些方式，畫報向外傳送的國家有蘇聯、美國、英國、菲律賓、印度、越南、新加坡、暹羅等國[1]，不能不說畫報的傳播範圍達到了相當廣泛的程度。

由於材料和成本的關係，《晉察冀畫報》的每期印數正常只有 2000 冊，絕對數量並不多。然而畫報的影響力不可以發行量簡單計算，因為在中共的宣教系統內它得到了黨內文件一樣的待遇。畫報發行到部隊時，「指戰員都把它當作珍貴的活教材，在戰士中宣讀、在戰地傳閱，並把它作為重要文件交專人認真保管。」發行到地方時，「縣級單位常常召開會議，把《晉察冀畫報》作為重要文件閱讀、討論，……因發行數量少，大家就把畫報的內容記下來，然後分散到群眾中去作廣泛宣傳。」[2]《晉察冀畫報》成了官方組織學習的重要文件，這種「由於官方組織學習所帶來的較高傳閱率，無形之中等於增加了數倍的發行量，畫報的影響力也成倍增加。」[3]

總之，作為中共歷史上第一份大型攝影畫報，《晉察冀畫報》開創了中共革命史的另一種講述的方式——圖像史。由《晉察冀畫報》及其附屬出版物所刊載的圖像堪稱中共抗戰的「圖像志」，它們不僅建構起「英勇、民主、幸福」的根據地形象，也在當時發揮了重要的宣傳和動員作用。畫報社所展開的攝影、出版、培訓、支持等一系列活動在中國攝影史上產生的深遠影響及對中國革命的巨大貢獻，使晉察冀根據地成為當之無愧的中共「革命攝影隊伍的搖籃」[4]，而畫報創辦者沙飛因其開創性功績也被稱為「中國革命新聞攝影第一人」[5]、「中國革命攝影的奠基人」[6]。

1　顧棣、方偉：《中國解放區攝影史略》，山西人民出版社，1989 年版，第 230 頁。
2　顧棣、方偉：《中國解放區攝影史略》，山西人民出版社，1989 年版，第 229 頁。
3　楊健：《沙飛與中國共產黨敵後抗日根據地的圖像建構》，《上海魯迅研究》，2012 年第 2 期，第 155～166 頁。
4　李力翮：《從搖籃誕生的輝煌》（高琴主編：《透過硝煙的鏡頭——中國戰地攝影師訪談》，中國攝影出版社，2009 年版，第 271 頁）。
5　蔡子諤：《沙飛傳：中國革命新聞攝影第一人》，中國文聯出版社公司，2002 年版；黃微：《沙飛：中國革命新聞攝影第一人》，《文史參考》，2012 年第 10 期，第 66～69 頁；宿殿傑：《中國革命新聞攝影第一人沙飛之死》，《檔案春秋》，2010 年第 5 期，第 33～38 頁。
6　顧錚：《中國革命攝影的奠基人——沙飛》（李媚、阮義忠主編：《沙飛》，工人出版社，2002 年版，第 5 頁）。

結語

抗戰時期，中國圖像新聞業的「鬥爭」意識徹底覺醒，而整個國家也迎來民族抗爭的重大轉折。在多元的圖像新聞出版以及影視作品的描述下，中國圖像記憶呈現出複雜、多面的形象：既是日本侵略者鐵蹄下柔弱的民族，又是堅強不屈的反法西斯鬥士；既是歷史悠久的文明古國，又是西方現代文明的追隨者；既承載著中國的訴求，又暗藏著西方的話語，也共同見證著二者的妥協、融合與爭鋒。

這一時期的圖像新聞業有著「創作為時代而作」的突出特色。具體而言，第一，這一時期的圖像新聞業具有一種「體驗」性的特徵，這一時期的電影關注和設定的是一種具有特定的民族性和依存性「體驗」的可通約性，尋求通過個人化的體驗／經驗及其同情性（感動、民族主義情感）的表達方式，達到在個體、民族、社群、現實之間的認同感；第二，在他者侵入的情勢下，抗戰時期的中國圖像新聞業具有一種建立在民族主義基礎上的廣義的「關懷」，通過對這種「關懷」的敘述和講述，來舒緩生活在整體的時代經緯和社會實態中的人的焦慮；第三，這一時期圖像新聞業具有介入社會時代的直接性，對電影的民族主義、意識形態和宣傳鼓動意義上的功能比較強調；為有效達到這些圖像目的和社會功用，創造和建構了一套較為注重真實性或民間性的情感化的表達方式（如漫畫手法、攝影手段和電影技巧）。由於種種歷史原因，抗戰時期強調鮮明的創意和抗日宣傳與教化主題的圖像新聞及影片創作，尚未形成一個藝術與現實兩個視點的融會與張力的格局。

總而言之，這一時期的中國圖像新聞業在民族生死存亡的緊要關頭，沒有辜負全國民群的期望，為國家勝利為民族存亡貢獻了應有的鼓動與宣傳的力量。

第五章 民國南京政府後期的圖像新聞業

　　民國南京政府的後期（1945～1949），中國政治舞臺上的各個階級各個政黨各個政治團體和各派政治力量，無不和新聞媒體保持著密切的關係。他們或者自己辦報，或者以直接間接的方式控制報紙，力圖把報紙掌握在自己的手裏，爲他們的政治利益服務。其他社會上的報紙，儘管有不少以不偏不倚爲標榜，也無不有他們各自的政治傾向。對這時期的圖像新聞業研究，首先按照圖像新聞業的類別對其進行分類的展開，依據是圖像新聞所展示的主要內容而非其創辦主體。這一時期是中國共產黨、國民黨、民營組織等在抗日戰爭結束後各自圖像新聞業發生轉折的關鍵時期。由於篇幅所限，對研究的對象也只是大致的羅列，並不是完全的呈現。

第一節　民國南京政府後期的新聞攝影

　　抗日戰爭爆發後，民族危機、國家存亡的形勢使中國攝影家的風格由原來的唯美主義轉向社會現實主義。抗日戰爭勝利後，現實主義得到繼續沿用並得以提升。具體表現爲：攝影並不是一種單純的影像符號的組合，更多的具有輿論引導與政治傾向的社會宣傳作用。攝影作品的意義已經延伸出作品本身，其製作過程不單單是技術過程，也不單單是報導的手段，而是浸入了越來越多的意識形態方面的內容，是具有一定思想「傾向性」的照片製作。在堅守現實主義創作方法的同時，強調畫面政治意圖的表達和視覺唯美畫意的風格樣態統一，形成了「革命的現實主義＋革命的浪漫主義」表現形式。

一、政治攝影的主流趨勢

在 1945 年內戰開始之前，中國共產黨沒有取得執政權，一直遭受國民黨的打壓與形象扭曲。抗日戰爭結束後的第二次國內戰爭，實際上是國民黨對共產黨的進一步打壓甚至「剿除」的戰爭。所以奪取國民心的宣傳就成為雙方輿論傳播的重點。此時國民黨的影像宣傳策略轉向「包容」與「寬容」，這是由於以前的國民黨在新聞攝影倫理上的嚴重失範，對於不同政見者尤其是敵對陣營中的輿論攻勢以一種赤裸裸的恐怖虛假而呈現，造成人們不太相信國民黨的那套宣傳了。為了提升國民黨的媒介形象，改變輿論態勢，國民政府的宣傳機器表現出與以往不同的模樣。如在國民黨控制的報紙上刊登兩名被俘的共軍士兵穿著厚實的大棉襖在室內悠閒下棋的照片。這樣的照片體現出國軍的包容與寬宏。這種明顯帶有強烈的政黨意志管控的攝影傳播，也透露出一個信息：成長中的中國共產黨正在對執政的國民黨產生越來越大的威脅。對於國共兩黨之間展開的影像輿論戰而言，1945 年是一個重要的分界。從 1945 年開始，中共組織日漸完善，軍事力量日益強大，黨的攝影組織結構也日漸完備，而國民黨政府卻相反，呈現出整體的頹勢。兩軍兩黨的這種影像之戰，因此發生大幅度的逆轉：共產黨方面的影像之戰日趨成熟，戰鬥力日漸強大，新聞攝影作為武器的一種，其政治性、思想性和藝術性，幾乎獲得了前所未有的大發展；而在國民黨方面，由於戰爭劣勢與社會狀況的改變，其影像之戰，日漸衰落，幾無氣候。但隨著戰事的進展，戰局的改變，國民黨方面的攻心宣傳越來越落後於共產黨方面，而共產黨實行的「農村包圍城市」戰略，也更貼切地體現在了真正地對百姓利益的保證和爭取上，唯有充分保障農民的權益並讓農民重新獲得土地資源，才有可能在真正意義上贏得民心。即將執政的共產黨深知這一根本性問題的重要性，所以在駕馭攝影媒介的方法與策略上，不遺餘力，日益精進。在中共所領導的攝影組織針對國民黨軍隊展開的影像戰中，民心的爭取如同土地的爭奪一樣，漸漸地成為政黨對於國家的控制權乃至合法性的重要標誌。除了戰場上的槍炮戰，攝影展開的人心收取之戰，在共產黨的宣傳策略中已經駕輕就熟，成效卓著。下面是這一時期共產黨方面比較有影響幾位新聞攝影家。

吳印咸。吳印咸是一名擅長拍攝領袖人物特寫的攝影師，他的許多照片，都體現了技藝上的精湛和時事宣傳上的政治高度。1942 年他拍攝的窯洞前的

毛澤東辦著手指爲人講述道理的照片，結合著打著補丁的褲子和簡陋的窰洞，傳遞出共產黨的領導人在戰爭年代與民眾一起艱苦樸素，抗擊敵寇的信息；毛澤東主席當時面對的是 120 師的幹部，但畫面中卻只攝入了毛澤東主席一個人。它象徵著毛澤東主席面對著所有的照片觀看者講述當前的社會形勢以及國家的未來，其中潛隱更鮮明的含義是共產黨所領導的國家的未來。1943 年拍攝的那一組題爲《組織起來》的照片，深色的背景將人物的臉部特徵表現的極其豐富和生動，大致相當的景別，各具神態的瞬間，將領袖人物胸有城府、指點江山、勾畫未來的現場氣氛和精神特徵刻畫的淋漓盡致。吳印咸不僅善於發現領袖人物在影像表達上的相關特徵，而且十分注重在動態的新聞事件中捕捉領袖人物的珍貴瞬間，這使得處於特別的新聞事件中的領袖人物的個人肖像，具備了內涵更爲豐富的傳播價值。

圖 5-1　組織起來（吳印咸攝）

　　吳印咸是江蘇沭陽人，1920 年考取劉海粟創辦的上海美術專科學校西洋美術系，接受過嚴謹正規的繪畫基本功訓練，具有良好的視覺素養。三十年代在上海拍攝電影的經歷，又讓他對動態中人物精神的把握有著獨到的領悟。拍攝於 1945 年 8 月 28 日的《揮手之間》，表現延安軍民爲前往重慶參與國共談判的毛澤東主席送行的那一刻。毛澤東這次深入虎穴的出訪、吉凶未卜的結局，將個人命運與政黨前程（其中直接喻指的是國家未來）的內在交織，與畫面上毛澤東主席從容淡定的神情形成了鮮明的對比。照片將領袖爲了家國命運不惜個人安危的意志，予以了清晰的揭示；照片同時也通過表現領袖人物在艱難時局中臨危不懼的英雄氣概，表達了他對未來國家的信心。

　　在延安期間，吳印咸拍攝了大量領袖人物和高級將領的人物肖像，在黨

的「七大」會議上，吳印咸拍攝的《周恩來同志講話》中的周恩來；在劉少奇作《關於修改黨的章程的報告》時拍攝的《劉少奇在「七大」講話》；朱德在「七大」上作《論解放前戰場》的報告時拍攝的《朱德在「七大」上作報告》中的朱德，均具有人物塑造上的顯著特點。人物個性的刻畫結合其各自的身份與當前的政治形勢緊密結合。領袖人物特寫照片的傳播，將政黨意志的承載與維繫獲得了形象化的依賴。吳印咸的比較著名作品還有《延安文藝座談會》《志同道合》《毛主席論聯合政府》等，他在這一時期拍攝的攝影作品具有極其重要的歷史文獻價值。在攝影物質器材極端匱乏的 1943 年，他還克服種種困難，拍攝了一部大型電影紀錄片《南泥灣》。

　　羅光達。羅光達不僅是一位經驗豐富的攝影實踐者，也是一位攝影理論貢獻者和教育工作者。1945 年，羅光達為了培養晉察冀軍區新聞攝影骨幹需要，專門撰寫了《新聞攝影常識》一書，他從新聞攝影的重要性入手，對新聞攝影的任務和功能、新聞攝影的美學特徵和新聞攝影與政治及藝術的關係，以及新聞攝影記者應當具備的素質等問題進行了深入淺出的闡述。從書中看以看出，羅光達對於新聞攝影價值與功用的觀點，比較系統性和全面。他說「今天我們的立場和目的，簡單地說，就是為抗日民族解放戰爭的最後勝利和建設新民主主義的中國而服務。」但新聞攝影的職責並不限於當前的形勢，而應當有更為前瞻的歷史使命，那就是「反映現實」，「推動現實」和「有形的保留現實」。這是在新聞攝影服務於具體的戰爭形勢的基礎上，向戰後更廣闊的社會空間施展作用和影響力的表述，也是新聞攝影的本質特徵。他同時提出了一個選材的典型性問題，「從一個或數個典型來指導、推動全體，通過個別典型使外界瞭解和認識整個情形。在中心題材中攝取生動出色的典型，來代表整個運動的基本精神和實質，收效既大，所費材料又省」[1]。同時，關於新聞攝影的功用以及武器論中的政治性和真實性等問題，羅光達的觀點在當時頗具指導性。

　　關於新聞攝影的目的與意義。在抗戰之前，中國嚴格意義上的新聞攝影理論尚未成型。誕生於戰爭環境下的新聞攝影觀，自然難免被嚴酷的政治鬥爭施加於它的影響。羅光達這樣說過：「為什麼要提倡新聞攝影？因為現在世界各國已經把它作為對內對外宣傳戰和思想戰的重要武器。攝影早已不是

1　蔣齊生、舒宗喬、顧棣編著：《中國攝影史 1937～1949》，中國攝影出版社，1987年版，第 93 頁。

什麼單純的娛樂工具或私人留念的意義了，而是爲著一定的政治服務的重要
武器。」

圖 5-2　凱旋歸來（羅光達攝）

　　羅光達同時強調，「攝影之作爲武器，不是從我們開始，也不是我們給攝
影賦予武器的意義，而是世界各國都已經用它從事對內對外的宣傳戰和思想
戰。」[1]置身於戰爭環境中的羅光達深知每一幅與戰爭相關的照片，它所能釋
放出來的能量。

　　國難當頭的新聞攝影的主要職責，正如時任冀熱遼軍區副司令員的詹才
芳爲羅光達主編的《冀熱遼畫報》創刊號所寫的題詞中所言：《冀熱遼畫報》
的任務，就是「作爲對敵鬥爭的一個重要的武器，把我們冀熱遼軍民英勇鬥
爭的史績，一點一滴地記錄下來，以之激勵士氣，鼓舞群眾，進攻敵僞，達
到最後消滅日本法西斯強盜」[2]。攝影的武器論，在羅光達之前，沙飛、石少
華等人均有從不同角度的表述。但是在武器價值觀之外，羅光達認爲：新聞
攝影更應該「反映現實，推動現實，有形地保留現實」。這一論點的提出，是

1　羅光達：《新聞攝影常識》，載《羅光達攝影作品——論文選集》，遼寧美術出版社，
　　1995 年版，第 126～134 頁。
2　史彥：《在敵後之敵後出版的冀熱遼畫報》，載《攝影文史》，1995 年 9 月 30 日。
　　中國老攝影家協會文史委員會編輯，第 27 頁。

在承認攝影處於特殊的戰爭環境下的武器價值之外，又突破了武器觀的侷限。他揭示了新聞攝影的本質特徵，即：攝影既是現實的鬥爭武器，又是歷史的形象記錄；它既服務於當前，更應觀照未來。他同時認為，「好照片的條件，既反映現實鬥爭，同時又成為藝術性的照片，必備三個最主要的條件：政治性、新聞性和藝術性。我們把政治性比作像人的生命，新聞性如人之青春，而藝術性為人之靈魂」。說這話的時候，他是時值 25 歲的南潯青年，在骨子裏還保存讀書人的精神氣質。他善於在實踐中總結，敏於思索，在不足六年的艱苦的新聞攝影實踐之後，他已經對攝影服務於現實的社會生活具備了一定的超越於具體環境和時代的理論認識。

二、解放區的攝影成效

內戰時期，解放區的廣大攝影工作者，以自己出色的工作為贏得解放戰爭的勝利做出了重要貢獻，並付出了血的代價。迄今保存下來的底片約有 1.5 萬張，成為國家寶貴的精神財富。其中的優秀作品包括《開赴前線》（高帆攝）、《夜攻單縣》（袁克忠攝）、《挺進大別山》（王中元攝）、《突破》（陸文駿攝）、《政治攻勢》（陸明攝）、《淮海戰場一角》（郝世保攝）、《敵人在那邊》（鄒健東攝）、《繳槍不殺》（王純德攝）、《入城式》（高糧攝）、《我送親人過大江》（鄒健東攝）、《解放上海》（於震攝）、《人民解放軍露宿街頭》（陸仁生攝）、《甕中捉鱉》（韓榮志攝）、《搶救親人》（袁苓攝）、《攻城》（章戈攝）、《強佔制高點》（程鐵攝）、《支持前線》（袁浩攝）、《向西藏進軍》（艾炎攝）等。下面我們將對其中一些堪稱經典的新聞照片及作者進行簡略的介紹。

沙飛。沙飛是一位思想型的攝影者。沙飛的思想，存在於攝影的武器觀這一表象和一個知識者悲憫濟世的內在情懷這樣兩種雙重內涵。在沙飛的思想中，攝影武器論是極其重要的一個內容，這一觀點起源於他作為戰爭和革命事業中的一員之前，但成熟於嚴酷的戰爭環境中。值得深思的是，攝影的武器論觀點，在沙飛的攝影實踐和攝影思想中，以他個人加入革命、參與戰爭為時間界限，發生了一次雙向倒流的逆變。生於 1920 年代的沙飛，在傳媒業並不發達的時代和家學並無淵源的條件下，僅有中學文化的他在初涉攝影時就提出利用攝影去改造社會這一觀點，既非學識理念上的昇華也不是天才式的先知先覺，而是基於「多數人正給瘋狂的侵略主義所淫殺、踐踏、奴役！」這個不合理的社會，這個充滿矛盾與不公的現實世界給予一個正直青

年的入世激情；這種激情又賦予了一個年輕的生命以超越私利的理想和信念。除此之外，也因為攝影在當時，普遍地以「藝術」的方式尋求自我陶醉為旨趣的現狀，他不滿於這樣的社會現實，也不滿於這樣的攝影處境，他渴望改變這個多數人都深感痛苦的世界，他意識到首先應該改變的是自己所熱愛的攝影——它的存在方式與功能、用途，並以改變了的攝影介入於這個亟需改造的社會。公允地說，他萌生以攝影參與社會改造的想法，既是個人興趣與志向的所在，更有借助攝影實現個人抱負、獲取個人價值的渴望所致；但在客觀上，他的這種願望和追求支配了他的攝影，不僅使他的攝影實踐獲得了一種十分明確的參與社會改造的力量，而且也漸漸地形成了他的攝影武器觀的雛形。他認為攝影應當作為能夠改變現實世界的面貌、改變現實社會中人的思想和情感的工具（因被賦予人的強烈且明確的目的性而成為武器）存在，而不是成為僅僅滿足於個人的閒情逸致或有閒階層別致生活的一個玩物出現。

作為一個影像思想者，沙飛憑藉著個人經歷、性格秉賦上的種種偶然，以及身處的那個社會與時代中的種種必然，發生著聯繫、碰撞和契合，進而分別在實踐和思想這兩端展開了延伸、遞進。

反映在他的攝影實踐中，無論是早期拍攝的南澳島專題、零散的單幅照片、魯迅先生的系列影像，還是後來加入革命時拍攝的戰爭影像、抗戰中的軍民群像，甚至是擺佈拍攝的《戰鬥在古長城》，都飽含著他明確的個人情感和思想傾向；不同的是，前期的影像中更為強烈，而後期的影像，更多地是將自己所在政治集團的意志直接內化為個人抓取瞬間、取捨畫面的立場。他努力使自己的照片成為附帶有更多內涵也更有感召力的承載體，他更希望人們能夠從他的影像之中獲取到他沁入其中的思想，能夠感受到影像所釋放的力量。他深知廣泛的傳播之於影像價值的實現所具備的重要意義，因此，他不僅在十分艱苦的抗戰歲月裏與戰友羅光達等人一起創辦了八路軍歷史上的第一份新聞攝影畫報——《晉察冀畫報》，而且依據戰爭環境的特點，因陋就簡地不斷組織照片展覽，同時還積極致力於攝影人才隊伍的培養。這樣的攝影作為，即便在當時的世界範圍內都堪稱卓越。

作為一個用頭腦而不是單單依靠身體生活的思想者，他十分清楚攝影在嚴酷的戰爭環境中、尤其是在文化水準普遍不高的戰士中，參與思想改造和精神重塑的作用，更明白在槍炮主宰的戰爭中，攝影作為信息和輿論的承載

體也是決定輸贏的一個重要因素。因此在 1939 年爲吳印咸的攝影著作所作的序言中，他明確地闡述了攝影在服務於政治意識形態時的工具和武器特性，「毫無疑問，它是一種負有報導新聞職責的重大政治任務的宣傳工具，一種銳利的鬥爭武器」[1]。這不是偶然的發現或者憑空的想像，而是一個勤於思考的攝影實踐者在特殊的戰爭狀態下，基於人的嚴酷的生存環境和攝影功能的發揮所提煉出來的卓識，這也是攝影在險惡的政治鬥爭和血火交融的戰場上展示出來的其中一種本質屬性。

此外，自「一戰」以來越來越受到戰爭指揮者重視的宣傳戰，在二戰期間的敵對雙方備受青睞，也是沙飛的攝影武器觀得以成形的基礎。沙飛將攝影喻作「銳利的鬥爭武器」，既要能夠打擊、傷害敵人，又必須能夠維護和增強己方的力量。1939 年抗戰中的中國，日本侵略者在北平出版《北支》畫報，竭力宣揚所謂的「大東亞共榮圈」[2]，而沙飛所在八路軍主辦的《晉察冀畫報》也成了揭露敵人陰謀、瓦解敵軍鬥志、激勵己方戰士的思想陣地。沙飛自己拍攝的八路軍在華北轉戰長城內外的照片，也是「在不同時間發表，照片說明文字是不同時間、地點」，原因只「爲強化宣傳抗日的效果，他選擇適當的戰役作爲發表的時機，用心可謂良苦。」[3]戰爭狀態中的照片成了爭奪輿論和民心的武器，它具有直觀和極高可信度的特點，敵我雙方都深諳其道，因而輿論之爭也自然演變爲戰爭的另一種形式。《晉察冀畫報》的出版與傳播不僅直接影響到民心與軍心的走向，關係到對於中間力量的爭取，甚至還影響著具體戰局的勝負。爲了使輿論更多地有利於己方而不是敵方，對立雙方有時要不惜動用眞實的槍炮來打擊紙上的思想。

思想者是敏感的，更是痛苦的。對於一個入世的思想者來說，外在的客觀世界與他內在的精神世界始終保持著距離，維繫這段距離的，是彼此相衝突的矛盾與渴望縮短距離、化解矛盾而產生的層出不窮的問題。問題的存在是他生存的基礎，在與問題博弈的最終結果中，兩種狀況是普遍的，一是解決問題——其實是對困惑於己的問題作出更有利於自我存在的詮釋，也可以說是順應或者逃避；一是被問題所征服、淹沒，也可以說是被問題所解決——包括作爲個體的生命。置身於 20 世紀三十、四十年代的智識者，處於民族危

1　王雁主編：《沙飛紀念集（1912～1950）》，海天出版社、山西人民出版社，1996 年版，第 100 頁。

2　石少華：《攝影理論和實踐》，新華出版社，1982 年版，第 344 頁。

3　王雁：《鐵血見證——我的父親沙飛》，社會科學出版社，2005 年版，第 104 頁。

亡和歷史變局的夾縫中，大多經歷著這樣的心靈痛苦和精神改造過程；就隸屬於政治集團內部的攝影者而言，沙飛是最具典型意義的一個代表。

圖 5-3　人民武裝自衛隊（沙飛攝）

圖 5-4　騎兵偵察員（沙飛攝）

　　鄒健東。廣東大浦人，1935 年參加革命，1938 年春赴福建參加新四軍，1939 年在新四軍軍部攝影室工作。1947 年春在華東野戰軍新華社前線總分社當攝影記者，參加了山東內線作戰的魯南、萊蕪、孟良崮戰役，外線出擊的沙土集戰役、破襲戰，解放許昌、洛陽、開封和淮海戰役。1949 年在八兵團和新華社軍分社任攝影記者，採訪解放軍強渡長江、解放南京。鄒健東拍攝了許多珍貴的紀實照片，如《百萬雄師過大江》《我送親人過大江》《佔領總統府》等，爲中國革命留下了大量彌足珍貴的歷史文獻和藝術作品。」

　　《敵人在那邊》拍攝於孟良崮戰役期間。儘管畫面非常簡潔，卻集中地體現了解放軍和人民的關係，揭示了人民解放戰爭勝利的眞諦：正是因爲戰場上軍民合力，才最終打敗了貌似強大的國民黨軍隊，推翻了蔣家王朝。畫面上大娘臉上的皺紋、神態顯示出她經歷的苦楚人生留下的痕跡，她爲人民子弟兵指點目標，是希望解放軍的炮彈，把農民的苦根徹底拔掉。這位炮兵連長像兒子在母親面前一樣認眞地傾聽著，表情親切、自然……這種拍攝機會在戰場上眞是千載難逢。

圖 5-5　敵人在那邊（鄒健東攝）

　　《我送親人過大江》是反映渡江戰役的一幅優秀新聞攝影作品。在渡江戰役中人民解放軍以木帆船爲主要航渡工具，一舉突破國民黨軍苦心經營的長江防線，徹底粉碎了所謂「長江天險不可逾越」的神話，殲滅國民黨軍約

43 萬人，解放了南京、杭州、上海、武漢等大城市以及長江南岸大部分地區，
上演了一齣百萬雄師過大江的歷史大劇，譜寫了一曲埋葬蔣家王朝的壯歌。渡
江戰役是 1949 年 4 月 20 日夜打響的。4 月 22 日黃昏，隨大軍參與渡江戰役
的鄒健東在渡江船隊中發現了一位小姑娘奮力劃槳的背影。為了把解放軍快
一點送到南岸，她使出全身的力量拼命划船，完全不顧身旁的槍林彈雨。她
背後的大辮子隨著動作前後搖擺，充滿了力度和美感。於是，鄒健東不失時
機地按下了快門，這就是後來廣為流傳的《我送親人過大江》。儘管展現給人
們的只是背影，但那奮力向前的身姿更是一種強有力的表示，一個人心向背
的形象化表示！因為激烈的戰鬥正在進行，鄒健東來不及打聽姑娘的姓名。50
多年後，鄒健東才打聽到這個小姑娘叫顏紅英。當年 19 歲的顏紅英和父親、妹
妹一起送解放軍橫渡長江，父親掌舵，姐妹倆輪流劃槳。就是在渡江戰役
中，顏紅英受了傷並留下後遺症。渡江戰役勝利後，她被授予二等功。在鄒
健東以渡江戰役為題材的攝影作品中，《我送親人過大江》並不是最出名的一
幅。《百萬雄師過大江》相對而言更為人們喜聞樂見，被使用得也更為廣泛。在
那幅照片中，一名英勇的解放軍戰士如猛虎下山，手握鋼槍從船甲板跨上堤
岸，向守敵衝去。斜落的風帆巧妙地作了戰士的背景……這張照片顯然更為
完美，對「百萬雄師過大江」的詮釋也更為直接。但是，嚴格地說，這並不
是一張新聞照片。因為這張照片並非現場抓拍的，而是後來補拍的。

圖 5-6　我送親人過大江（鄒健東攝）

　　郝世保。山西榮河人，1937 年參軍，1938 年在 115 師攝影訓練班學習，1939 年後單獨工作，1943 年參加了《山東畫報》創辦，主辦了兩期攝影訓練班，為各部隊培訓攝影人員 100 餘人，在山東抗日戰爭、華東解放戰爭中拍攝了表現黨和軍隊建設、戰鬥、根據地建設、軍民關係等內容的照片千幅以上，如《羅榮桓傳達六屆六中全會精神》《劉少奇到山東》（和陳士榘合作）《黎玉給女幹部作報告》《梁山戰鬥》《攻克莒縣城》《豆選勞模》《孟良崮戰鬥》《魯南殲敵快速縱隊》《魯中圍殲李仙洲》《攻克洛陽》《佔領開封敵保安司令部》《上海外圍之戰》《東海濱哨兵》等，都成為重要歷史資料。《淮海戰場一角》是流傳最廣的一幅。淮海戰役是解放戰爭中共產黨軍隊殲滅國民黨軍隊人數最多的一次戰役，也是兩軍規模最大的戰役。

圖 5-7　淮海戰場一角（郝世保攝）

　　在《淮海戰場一角》的畫面中，尚未散盡的大火和硝煙作背景，顯示了大戰剛剛結束這一時間特徵和戰場這一空間特徵，中景則是我軍戰士押著長長的一個俘虜隊伍走下戰場，更妙的是記者選用了大炮作前景，大炮恰恰指向列隊走來的俘虜，炮筒則高過俘虜們的頭頂，對俘虜形成一種壓迫感。這幅照片之所以能夠充分表現戰爭氣氛和淮海戰役的偉大勝利，成為反映解放戰爭的一幅傑作，其特徵式前景手法的使用可以說功不可沒。

第二節　民國南京政府後期的新聞漫畫

　　抗戰勝利後不久，國民黨就對解放區發動了內戰，中國進入了三年解放戰爭時期。這場大決戰有兩個相互配合的戰場：中國人民解放軍與國民黨軍隊的正面作戰和國統區內人民群眾的愛國民主鬥爭。漫畫家們則用手中的畫筆反映兩個戰場的戰鬥，聲援了兩個戰場的正義力量。

一、上海的進步漫畫

　　抗戰勝利之初，上海的一些進步報紙如《聯合晚報》《新民晚報》《建國日報》《時代日報》《文匯報》，以及一些進步期刊如《群眾》《週報》《文萃》《民主》《展望》等，都發表了大量的諷刺國民黨反動獨裁的漫畫新聞，有力地配合了其時國統區「反內戰、反飢餓、反迫害」的民主運動。上海在抗戰勝利後再度成為漫畫創作的中心。1946 年至 1949 年，先後在上海從事漫畫活動的有豐子愷、張光宇、葉淺予、魯少飛、米穀、特偉、丁聰、張樂平、沈同衡、張文元、余所亞、陶謀基、王樂天、洪荒、方成等人。此時，香港也一度成為漫畫活動非常活躍的地區。沈同衡等人在上海組織的「漫畫工學團」；黃新波等人在香港發起成立的「人間畫會」，是這一時期有代表性的漫畫組織。

　　沈同衡。江蘇寶山人，1934 年考入上海新華藝術專科學校油畫系，1937 年畢業，時適值抗戰爆發，他和一些愛國青年組成救亡宣傳隊，向內地轉移，1937 年底到達武漢。在周恩來、郭沫若領導的國民政府軍委總政治部第三廳藝術處美術科從事抗日宣傳工作。1938 年 10 月，武漢淪陷，他輾轉到達桂林，在戰地文化服務處參加了《士兵》《前敵》的編輯工作，同時在桂林行營政治部做美術宣傳工作，編繪出版了《士兵識字課本》《抗戰故事輯》等書，兼任《桂林晚報》副刊編輯、《陣中畫報》特約撰稿人和戰士繪畫訓練班講師。皖南事變後，沈同衡到廣西藝術師範學校擔任美術講師兼教務主任，以校刊《音樂與美術》增刊的名義出版《漫畫專頁》，協助生活教育社桂林分社編輯《桂林兒童》，創辦《兒童漫畫》。1944 年，日軍進攻桂林，沈同衡轉赴重慶，在陶行知創辦的育才學校任美術教師。1945 年 3 月，沈同衡和葉淺予、張光宇等在重慶中蘇文化協會舉辦「八人漫畫聯展」。抗戰勝利後，沈同衡回到上海，在全國漫協的支持下，於 1946 年秋天開始籌辦漫畫工學團。為了衝破敵人的高壓和封鎖，沈同衡舉辦「漫畫月展」，用巡迴展覽的方式，將漫畫送到

群眾中去。1948 年 5 月，漫展在上海法學院展出時，國民黨特務闖入會場尋
釁滋事，搶走漫畫，毆打學生，國民黨上海市黨部、市政府、警備司令部聯
合出面舉行記者會，又召集各大專院校校長緊急會議，借題發揮，公開鎮壓
工人學生運動。1948 年 9 月，沈同衡在中共地下黨安排下轉移香港，在香
港他加入「人間畫會」，參與出版《這是一個漫畫時代》的工作。建國後，沈
同衡先在上海擔任漫聯主席，與米穀等人創辦了《漫畫月刊》。1953 年，沈同
衡被調到北京，擔任《人民日報》文藝部美術組負責人。

圖 5-8　沈同衡《希特勒還沒死！》

　　沈同衡創作的漫畫《希特勒還沒死！》發表在 1946 年 7 月 21 日《群眾》
週刊第 11 卷第 12 期，是該期的封面漫畫；《內戰重於救災》發表在 1946 年 5
月 3 日《民間》第 4 期，賑災救荒是歷代統治者施政的重要內容；《國民對於
警察還沒有深切的認識？》發表在 1946 年 5 月 24 日《民間》第 7 期；《失蹤
者在內》發表在 1947 年 5 月 5 日《文萃》第 26 期；《安得不反》發表在 1947
年 6 月 25 日《現代新聞》第 7 期；《據江而守？》發表在 1948 年 12 月 23 日
《群眾》（香港）第 2 卷第 50 期。

張文元。江蘇太倉人，別名文魁，父親長工，母親幫人家做活。幼時在太倉藝徒學堂半工半讀，學漆工，畢業後到上海當漆工。「九‧一八」事變後，回太倉任小學教師。20 世紀 30 年代在上海開始從事漫畫活動，1935 年在《漫畫界》發表處女作。1936 年以漫畫《大觀園》參加全國漫畫展覽會。抗日戰爭爆發後，先去武漢參加漫畫作家協會戰時工作委員會，在郭沫若領導的政治部第三廳藝術科工作，參與《抗戰畫刊》的編輯，後去重慶、昆明，在美國新聞處工作。抗戰勝利後回上海，曾經主編《聯合畫報》的「聯合漫畫之頁」專欄，在滬、港等地報刊發表大量漫畫新聞作品，有「漫畫機器」之稱。在《新民晚報》《聯合畫報》《現代新聞》《文萃》《民間》等處多有作品發表。《法西斯精神》發表在 1946 年 3 月 30 日《文匯週報》第 118 期；《夜不閉戶》發表在 1946 年 5 月 24 日《民間》第 7 期；《三大自由》發表在 1946 年 4 月 13 日《文匯週報》第 120 期；《雲深不知處，只在此山中》發表在 1946 年 9 月 16 日出版的《聯合畫報》第 185～186 期合刊；《南通血案》發表在 1946 年 6 月 1 日《清明》第 2 期，報導的是 1946 年發生在南通的「3‧18 慘案」；《大鬧寧國府》發表在 1948 年 11 月《這是一個漫畫時代》。

圖 5-9　張文元《法西斯精神》

二、解放區的宣傳漫畫

解放戰爭時期，解放區最活躍、成就最大的漫畫家應數華君武。

華君武。華君武在解放戰爭時期的主要活動區域是在東北解放區。1945年6月，他隨魯藝文工團前往東北，次年1月到《東北日報》工作，由於當時不具備印製漫畫的條件，他還當了半年文字記者。1946年夏，東北日報社由長春遷至哈爾濱，條件有所改善，華君武於1947年起擔任文藝部美術編輯，發表了大量漫畫，內容多是揭露美帝國主義援助蔣介石打內戰和預言蔣家王朝崩潰命運的，作品及時而有力地配合了解放戰爭的偉大進程。

華君武的漫畫，多取材於國內外重大政治事件，善於立意構思，巧妙發揮漫畫語言的特長，力求形式通俗，風格獨特鮮明，影響廣泛。這一時期華君武的漫畫代表作包括《磨好刀再殺》《運輸隊》《黃鼠狼給雞拜年的結果》《肅清貪污遊戲》《教師爺陳誠》《在反革命的後臺》《春天到，河冰解》等。

圖 5-10　華君武《在反革命的後臺》

華君武在2001年9月9日國家圖書館學術報告廳的講座中，曾專門闡述過當時對蔣介石漫畫形象的設計問題。他說：「我畫了一個身穿美國軍裝太陽穴上貼著黑方塊頭痛膏藥的『蔣委員長』……舊上海的許多男女流氓常常貼著這種膏藥。蔣介石在歷史上跟青幫流氓的關係是很好的，他也帶有這種流氓性。雖然蔣介石在當時是中華民國的大總統，這塊小小的膏藥卻表現了蔣介石的流氓本質。另外，1947年的時候，敵強我弱的形式有所改變，他在戰

場上常常吃敗仗，所以也可以想像他比如經常頭疼。在這種情況下，有這個膏藥就可以合理存在。」[1]

　　特偉。廣東中山人，原名盛松，筆名公木，出生於上海一個普通職員的家庭。盛松從小喜歡看連環畫，開始只是看，後來學著畫。13 歲時父親失業，生活變得艱難起來，17 歲初中沒念完就輟學了。因喜歡畫畫，於是就到廣告社當學徒。1935 年 20 歲的特偉開始從事國際時事漫畫創作。不久，就成爲了一名在上海灘漫畫界頗負盛名的驍將，被同行稱爲「中國的大衛·羅」。1937 年抗戰全面爆發後，特偉與張樂平等組織抗日救亡漫畫宣傳隊。先赴南京進行漫畫宣傳，後轉赴武漢，參與《抗戰漫畫》編輯工作。1938 年 6 月，《抗戰漫畫》停刊後，在黃苗子的幫助下赴廣州，曾協助魯少飛編輯《國家總動員畫報》，同時發表了許多揭露日、德、意帝國主義侵略的諷刺漫畫。抗日救亡漫畫宣傳隊於 1938 年 12 月撤退到桂林，住在桂林的一所學校裏，特偉由廣州來到桂林重新加入了漫畫宣傳隊。1940 年初由特偉領隊的漫宣隊從桂林轉移到了重慶，他主持繼續出版了 3 期《抗戰漫畫》。1941 年皖南事變後，漫

圖 5-11　特偉《群魔亂舞》（1947 年 7 月 31 日）

1　華君武：《漫畫一生掙》，新世界出版社，2005 年版，第 57～59 頁。

宣隊宣布解散,特偉赴香港,參與組織新美術會,爲《華商報》編輯《新美術》週刊,同時出版《特偉諷刺畫集》和《風雲集》,以針砭時弊的國際時事諷刺漫畫爲人們所稱道。太平洋戰爭爆發後,特偉返回內地,先後在桂林、重慶等地參與舉辦「香港的受難」畫展。1944 年在雲南參加抗敵演劇第五隊。1945 年後在雲南任中學教師。1947 年再度去香港,參與組織人間畫會,同時在《群眾》週刊上連載長篇漫畫《大獨裁者的故事》,通過數十幅連續漫畫,深刻地揭露了蔣介石的反動本質,風靡一時,標誌著特偉在漫畫新聞創作上又躍上了新的高度。

第三節 民國南京政府後期的新聞電影

從 1945 到 1949,國人在經歷了一場場慘痛的中國人撕殺中國人的戰爭後,短短時間內經歷了從充滿希望又到希望破滅的沉痛現實,這些都給電影創作者提供了豐富的現實素材、深刻的歷史感受。無論是官方製作的新聞紀錄片、教育片的刻板、劇情電影的傳奇性故事編織與浪漫揮灑、喜劇電影的笑中帶刺,還是文人電影的內斂沉穩,電影創作者都自覺地將中國電影敘事鏈接於當下現實。1948 年,阿斯特呂克「攝影機自來水筆」宣言誕生的同時,沉浮面對《影劇叢刊》記者的採訪也提出了「開麥拉是一支筆」,「我用它寫曲,用它畫像,用它深掘人類的複雜矛盾的心理」的電影創作宣言。中國電影創作者一邊學習當時來自西方的商業電影和藝術電影手法,一邊求索將古今中外的藝術表達式重新貫穿、整合、融爲一體,用電影影像書寫了具有高度概括力的歷史與現實、嬉笑怒罵或憂憤深廣的個人情感體驗,因而具有與大時代緊密聯繫的歷史縱深感與文化整體感的鮮明時代特色。

一、官方與民營電影的兩翼發展

1945 年 8 月 15 日日本宣布投降,持續八年的全面抗日戰爭終於結束了。國民黨政府重新申明它對這個國家的所有大城市、全部工業基地以及估計約爲 4 億 5 千萬人口中的四分之三以上擁有領導權。國民黨政府不僅作爲抵抗日本的「自由中國的領導者」而贏得了喝彩,還把中國帶進了世界政治舞臺,在那裡終於被承認爲大國之一。因此,抗戰結束後的很長一段時間,國民黨政府中彌漫著一種勝利者的驕傲情緒,國民黨政府信心百倍、孤注一擲地開始著手解決所謂的共產主義難題,這種勝利者的驕傲也帶到了國民黨官方電

影機構對日僞電影企業理所當然的接收中。[1]

　　抗戰結束後，日僞政權原本擁有的電影資產幾乎全部被國民政府接收，包括在上海、北平、南京、長春等地的製片機構及其所有的相當規模的廠區、電影設備以及專業從業人員。如中央電影攝影廠（中電），就由原來一家擴充到三家：一廠、二廠、三廠，成爲當時國內最爲龐大的電影製作機構。此外，加上新成立的隸屬於國防部的中國電影製片廠（中製）、隸屬宣傳部的長春電影製片廠，官方的電影企業的相繼成立，使之成爲國內（不含香港）電影生產格局中比重最大的一股力量。

　　而戰前佔有絕對優勢的民營電影企業，由於受到戰爭的影響和戰後政府力量的介入，它的地位已被國民黨官方電影企業所取代。1945 年 8 月 31 日，國民黨六屆中央常務委員會第九次會議通過，並於同年 9 月 20 日由國民政府行政院發布的《管理收復區報紙通訊社雜誌電影廣播事業暫行辦法》的「訓令」，規定「敵僞機關或私人經營之報紙、通訊社、雜誌及電影製片廠、廣播事業一律查封，其財產由宣傳部會同當地政府接收管理」。[2]正是在這個「訓令」的指導下，國民政府接收了幾乎所有敵僞電影機構與物資，並在此基礎上進行擴建與補充，變爲官方電影機構，使戰後官方電影在電影資源的佔有上具有了絕對的比重。[3]

　　此前由日僞控制和經營的電影業，一共有三個製作中心：上海的僞「中華電影聯合股份有限公司」、北平的僞「華北電影股份有限公司」以及東北長春的僞「滿洲映畫」。在各地還有許多日僞控制經營的電影院和電影發行機構。在臺灣有「臺灣映畫協會」和「臺灣報導寫眞協會」兩個機構，原屬日據時期臺灣總督府，以及十多家日產電影院。[4]

　　根據訓令，國民黨政府劃分出上海、北平、南京、廣州等四個接收區，以「中電」爲主體分別派員接收。臺灣的日僞影業則交由臺灣省行政長官公署宣傳委員會負責接收。抗戰勝利時由於蘇軍尚未撤出東北地區，國民黨軍隊未能立刻進入東北，直到 1947 年才得以進入東北接收日僞影業。

1　楊燕、徐成兵：《民國時期官營電影發展史》，北京：中國傳媒大學出版社，2009年版，第 116 頁。

2　程季華：《中國電影發展史》第二卷，中國電影出版社，1998 年版，第 146 頁。

3　虞吉：《中國電影史》，重慶大學出版社，2011 年版，第 82 頁。

4　楊燕、徐成兵：《民國時期官營電影發展史》，中國傳媒大學出版社，2009 年版，第 117 頁。

「中電」接收了僞「華影」的大部分產業和北平的僞「華北電影股份有限公司」。國民黨黨部接收了僞「華影」的第三製片廠，改名爲「上海電影實驗工場」。「中製」接收了南京的日僞電影業和上海僞「華影」的一小部分財產，並以淪陷時聯華公司徐家匯攝影場被僞「華影」使用過爲由接收了這個攝影場，後發還給吳性栽，恢復民營。「中製」還接收了金可徒廟的前藝華攝影場。「中教」和「農教」也接收了部分產業。

原來參加了日僞電影機構的從業人員的出路問題，國民黨政府以其「附逆」，一律封殺並明令通緝，雖然並未眞正付諸實施，但各家電影公司不敢再啓用這批電影人，於是這批電影人有的遠走香港，有的退出影壇演話劇或經營的其他遠離電影的生計。隨著官方影業規模的擴大和民營影業的慢慢復蘇，電影人才的缺乏成了十分嚴重的問題，無論是編劇、導演、攝影、演員或各種技術人員均已嚴重不足，雖然許多內地的電影人從香港陸續返回，仍顯供不能滿足內地電影業的需求。有鑒於此，國民黨政府對情節輕微者允許個別恢復從事電影工作，而認爲涉嫌較重者於 1947 年經由上海地方法院檢查處票傳偵訊，最後認定全部犯罪證據不足，不予起訴。於此，這批被封殺的電影人得以繼續以電影爲生。

經過一場接收狂潮，抗戰勝利後的官方影業規模不斷擴大，擁有了全國 2/3 的電影製作設備，其出品的電影數量佔了全國影片出品總量的 1/5。由於官方影業格局趨於完整，國民黨政府對中製、中電、中教、農教等四個主要的電影製片機構進行製片業務的分工。其中規定：[1]

1. 中電一廠以拍攝新聞片、紀錄片和卡通影片爲主，二廠以拍攝故事片爲主，三廠除拍故事片外，兼拍新聞片和紀錄片；

2. 中製以拍反共宣傳影片、軍事教育片爲主；

3. 中教以拍 16 毫米教育影片、教育性新聞片和紀錄片爲主；

4. 農教以拍 16 毫米農業教育片爲主。

抗戰中後期，官方電影就已經漸漸拋開政府扶持，開始市場化。有營業收入的官方電影發行只是市場化的一種表現，中國農業銀行出資參與「農教」的創辦，使官方電影開始了一種商業化的運作。抗戰勝利後在官方電影中我們看到了更加嚴重的商業電影的痕跡。「中電」名義上仍是附屬國民黨中宣部，但股份制的經營方式不僅有了私有資金的參與，管理上也採取股東會議

---

1 虞吉：《中國電影史》，重慶大學出版社，2011 年版，第 113 頁。

形式，與原來的政令方式截然不同。

在題材上，官營電影也有了一定改變。除爲完成政治宣傳任務的反共影片和爲引起民眾對抗戰中國民黨政府正面形象的回憶的抗戰材影片外，一些都市愛情題材和古裝歷史題材影片佔了官營電影出品相當大的比例。當然在國民黨政府官營電影中也不乏反映抗戰勝利後民眾眞實生活狀況的現實題材的優秀影片。比如《天字第一號》《天堂春夢》《深閨疑雲》《遙遠的愛》以及《幸福狂想曲》等都是由「中電」出品，「長製」（長春電影製片廠）則出品了《松花江上》影片。

戰後民營電影雖然自身發展遇到了極大的困難，外部有面臨來自官方電影、外國影片（尤其是好萊塢）電影的巨大衝擊，但由於其自身所具備的藝術水準，以及創作人員對電影市場及觀眾口味的熟稔，仍然取得了對電影市場相當份額的佔領，尤其是在電影市場的重鎭：上海、南京、北平等地，受到廣大觀眾，特別是普通老百姓的喜歡。

上海在民國時期一直是執電影市場牛耳的地方，一部電影在上海電影市場成功，也就意味著在全國的成功。比如崑崙公司的《一江春水向東流》，該片於同年 10 月在上海首映，連映三個多月，場場爆滿。據當時報刊統計，首輪觀眾人數爲 712874 人，占全市 500 萬人口的 14% 以上，平均每 7 個人中就有 1 個人看過此片，創造了 1949 年以前國產片的最高上座紀錄，票房超過好萊塢進口片。戰後美國片商大量向中國傾銷其戰時製作的影片，排擠民族電影，上海的大光明、美琪等頭輪影院，歷來專映西片，此時撤下了美國影片上映《一江春水向東流》。類似的情況也出現在《八千里路雲和月》《太太萬歲》《萬家燈火》等影片的放映上。這些影片都受到了上海觀眾，特別是普通市民的喜歡。

而南京作爲當時國民政府的首都，電影市場份額也不容小覷，南京的一些電影院如新都、世界，大華、大光明等在觀眾容量和硬件條件上，都不輸上海的一些著名影院。不過由於其政治地位的特殊性，觀眾構成的和上海有所不同，民營電影始終未能取得如上海那樣的地位。

北平雖不是民國電影的中心，但作爲是中國電影的誕生地，和城市的規模及其身後的文化底蘊，仍然成爲民國電影市場重鎭。抗戰勝利後，作爲八年「淪陷區」的北平，各大電影院被接管後重新開業，北平的電影市場復蘇。除了大量放映美國好萊塢電影及戰時大後方所攝製的一些影片外，戰後

所製作的一些影片也在北平陸續上映。這些影片在北平各家影院上映後受到了對現實不滿的廣大觀眾的熱烈歡迎。1947 年 2 月 5 日至 10 日，在北平的國民、中國兩家電影院同時上映《遙遠的愛》。3 月 6 日聯華影藝社攝製的《八千里路雲和月》在北平的國民、中國、北洋、中央、蟾宮五家電影院同時公映。3 月 29 日，《天堂春夢》在北平各大電影院上映。這些影片強烈的現實意義在北平觀眾中引起很大的反響，也反映了當時勝利後的人民對國民黨當局的不滿情緒。其中《八千里路雲和月》曾兩次公映，上座持久不衰打破售票記錄。1948 年 5 月末，北平的國民、中國、北洋、大都市、蟾宮等七家電影院同時上映了崑崙影業公司出品的《一江春水向東流》，受到廣大觀眾的普遍歡迎。

二、新聞紀錄電影與北影的成立

解放戰爭開始之後，中國共產黨領導的人民紀錄電影事業發展到了一個新階段，標誌是 1946 年成立的延安電影製片廠和東北電影製片廠。由於延安電影團的所有人員已前往東北接收敵僞電影機構，延安電影製片廠的全部人員是重新配備的，他們在嘗試製作故事片《邊區勞動英雄》（未完成）之後，很快轉入新聞紀錄片的製作，拍攝了新聞紀錄片《保衛延安和保衛陝甘寧邊區》。1947 年 10 月，延安電影製片廠結束之後成立的西北電影工學隊，繼續爲人民電影事業輸送新鮮血液。

東北電影製片廠在 1946 年成立時還不足 200 人，到了 1949 年 5 月已發展到 983 人。建國前後，由於全國各地陸續建立電影廠時都從東影抽調幹部，故東影有「新中國電影的搖籃」之稱。東影在成立之初確定了以生產新聞紀錄片爲主的方針，從 1947 年初至 1949 年 7 月向東北各地派出 32 支攝影隊，拍攝了 30 多萬英尺關於東北解放戰爭的新聞紀錄電影素材，這些素材被編入 17 輯雜誌片《民主東北》（其中的 13 輯全部爲新聞紀錄片），第 17 輯《東北三年解放戰爭》全面記錄了東北解放的過程。在整個解放戰爭期間以及建國初期收復國土的戰役中，東影和北影向全國派出的攝影隊有 70 多個（另一說法爲 101 個），記錄了人民解放軍解放全中國的各大戰役。有些攝影師爲此獻出了年輕的生命，如在 1948 年 9 月拍攝錦州外圍的義縣戰鬥和攻克錦州的巷戰中以及 11 月拍攝瀋陽西區李普屯的戰鬥中，優秀攝影師張紹柯、楊蔭萱和王靜安先後壯烈犧牲。

　　在表現東北解放的所有紀錄片中，要特別提到文獻紀錄片《東北三年解放戰爭》（錢筱璋、姜雲川編輯），這是一部大型紀錄片，收入在《民主東北》第 17 輯。這部影片集中地使用了東北解放戰爭中拍攝的紀錄影片資料，綜合地報導了東北解放戰爭的情況，如人民解放軍三下江南四保臨江、四平攻堅戰、錦州巷戰、黑山阻擊戰、大虎山殲滅戰、解放瀋陽、掃蕩營口、曾澤生將軍起義、鄭洞國率部投誠等，直到東北全境的解放鏡頭。這部大型的綜合性紀錄片，既重視影片的思想性又重視藝術性，很好地表現了人民解放軍解放東北全境的艱難歷程，反映了人民解放軍攻無不克戰無不勝的革命精神和人民群眾支持解放戰爭以及軍民團結的偉大力量，尤其是中國共產黨領導下中國人民解放全中國的信心。

　　1948 年秋，在遼瀋戰役尚未完全結束之際，東影就已派出第一批 4 個攝影隊（分別由吳本立、張永、高振宗、翟超負責）入關，開赴華北地區和華東地區隨軍拍攝新聞素材。攝影隊在經過河北省平山縣西柏坡村時，曾經把《民主東北》放映給毛澤東、周恩來等領導人觀看，得到了他們真誠讚賞與熱情的鼓勵。

　　1949 年春，錢筱璋帶領東影新聞片組的 40 餘人於 4 月初進關，參加了建立北平電影製片廠的工作。此後，東影和華北電影隊的新聞紀錄片攝製工作轉移到了北影。華北電影隊是 1946 年成立的晉察冀軍區政治部電影隊的簡稱，被譽為馳騁在冀中平原的「大車電影製片廠」，曾拍攝了《華北新聞》第 1 號。1947 年 11 月石家莊解放後，華北電影隊在石家莊有了固定廠址，成立了石家莊電影製片廠，拍攝了《華北新聞》第 3 號。隨著北影的成立，石家莊電影製片廠完成了它的歷史任務，多數人員參加了北平電影製片廠的建設工作。

　　根據中共中央宣傳部關於「先拍新聞紀錄片，以後拍故事片」的指示，北影迅速掀起了拍攝新聞紀錄片的熱潮，從 1949 年 4 月 20 日到 10 月 1 日製作完成了 5 部短紀錄片（《毛主席朱總司令蒞平閱兵》《新政治協商會議籌備會成立》《七一在北平》《解放太原》和《淮海戰報》），1 部長紀錄片（《百萬雄師下江南》）以及《簡報》1 至 4 號。短紀錄片《毛主席朱總司令蒞平閱兵》記錄了 1949 年 3 月 25 日中共中央和人民解放軍總部由河北省平山縣西柏坡村遷抵北平的情況，在西苑機場舉行的隆重檢閱式上毛澤東、朱德及中央其他領導同志受到北平各界代表和民主人士的盛大歡迎；《新政治協商會議籌備

會成立》（高維進編輯，徐肖冰、蘇河清攝影）記錄了 1949 年 6 月在北平召開的有中國共產黨參加的新政治協商會議籌備會議的情況；《七一在北平》記錄北平各界隆重慶祝中國共產黨誕辰 28 週年的活動；《解放太原》記錄了太原在晉中戰役之後獲得解放的情況；《淮海戰報》記錄了以徐州爲中心的決定性的戰役（後兩部影片是根據 1948 年秋東影派出的 4 個攝影隊在華北和華東地區拍攝的新聞電影素材編輯而成的，這些素材包括《晉中戰役》《濟南戰役》和《淮海戰役》）。

　　作爲北影正式成立後出品的第一部紀錄短片《毛主席朱總司令蒞平閱兵》是在艱苦的條件下製作出來的。這部影片的編輯工作是東影新聞片組的人員到達北平之後尚未進廠時在北池子宿舍內進行的，他們因陋就簡，將一張普通的書桌改造成剪接臺，直到 4 月 20 日建廠當天才進廠製作字幕和準備配音。本片的音樂由賀綠汀作曲，人民文工團演奏。當時的錄音棚隔音設備差，白天無法工作，只能在深夜錄製樂曲。就是在這樣的簡陋條件下，他們以很快的速度製作出完整的拷貝。觀看的領導說：「從內容看麽，可以了。」影片就這樣通過和上演了，並於 5 月 1 日在北平上映。後來，有一次周恩來到北影講話，還諄諄地囑咐大家要好好地學習。周恩來既關心影片的質量，又關心影片的觀眾，而他對電影工作者的關心以及囑咐他們好好學習的教導令人難忘。[1]

　　長紀錄片《百萬雄師下江南》記錄了渡江戰役的情況。遼瀋、淮海、平津三大戰役結束後，新聞攝影隊的任務仍是跟隨人民解放軍到戰場上去拍攝新聞素材。1949 年 4 月 21 日，在毛主席、朱總司令發布向全國進軍的命令後，第二和第三野戰軍強渡長江，於 4 月 23 日解放南京，接著又解放上海、杭州。在渡江戰役中，吳本立帶領的 9 個攝影隊（其中包括韓秉信、雷可、吳夢濱、郝玉生、高振宗、李秉忠、韓克超、薛鵬翠等）完成了這次拍攝任務。上海影劇協會的朱今明、李生偉、顧溫厚、苗振華等拍攝了上海解放前夕的部分資料，並特派攝影師唱鶴齡拍攝了反映渡江作戰的材料和其他補充材料。最後，這些材料匯總到北影，由錢筱璋編輯成片。

三、解放戰爭時期電影的類型與流派

　　艱難卓絕的抗戰勝利後，對戰爭題材的回憶與刻畫，依然是電影藝術家

1　參見高維進：《中國新聞紀錄電影史》，中央文獻出版社，2003 年版，第 97～98 頁。

們的追逐目標，但與抗戰期間的戰爭題材片多以鼓舞國民士氣爲主不同，1945年後的抗戰電影表現更多的是對於艱苦戰爭的追憶和反思，以及對戰後黑暗現實的鞭撻與失望。這個時期的電影湧現出史詩電影、文人電影、市民電影、新現實主義等多種類型片，以下就一些經典片作做一分析。

《八千里路雲和月》，《八千里路雲和月》由史東山編導（聯華影藝社出品，1947），同時也是戰後第一部引起巨大社會反響的國產影片。影片原名《勝利前後》，作爲一部在劇作內容上帶有較大紀實成分的影片，它一方面以抗敵演劇隊第四、第九兩隊的眞實生活爲依據，敘述了一群進步的戲劇電影工作者從「八‧一三」到抗戰勝利後的奮鬥歷程和生活遭遇，從而使人們在「重溫文化抗戰的舊夢」的同時，又感同身受於「現實人物的現實故事」。另一方面又以演劇隊這一中心情節爲線索，將中國社會在這十年時間裏所發生的一系列重要事件作了串聯性的記錄：上海戲劇電影界組織救亡演劇隊、徐州會戰、長沙會戰、黔桂散退、喜慶勝利、江西災荒、國民黨的內戰準備等。影片通過表現抗戰時與抗戰勝利後兩個社會背景下，同一撥人的不同轉變與相同遭遇，有力的展現了不同社會形態下，中國「國民」整體的悲慘命運。

《一江春水向東流》，《一江春水向東流》由蔡楚生、鄭君里編導（崑崙影業出品，1947），它和《八千里路雲和月》一樣，雖然並非直接展現戰爭場面，但由於其展現的波瀾壯闊的歷史場面，以及對人物命運的細膩刻畫，在觀眾中的巨大反響，成爲所謂的「平民抗戰史詩」電影。這部由崑崙影業公司出品，蔡楚生、鄭君里編導，白楊、陶金、上官雲珠等人主演的影片《一江春水向東流》是一部在敘事跨度上貫通戰前、戰時與戰後三個時期並引起具大的轟動效應的銀幕史詩（影片長達 210 分鐘，分《八年離亂》和《天亮前後》兩集；首映時曾創下連續放映 3 個多月、觀眾達 70 餘萬人次的空前記錄），它以一種近乎「編年史」式的時間處理方式，向人們展示了特定的歷史段落中發生於不同地區的豐富的社會生活內容：戰爭前夕人民的正常生活秩序；「八‧一三」淞戰後民眾的抗日熱情；淪陷區晉通百姓的苦難和艱辛；日寇慘無入道的燒殺搶掠；游擊隊和根據地的抗日鬥爭；國統區大後方官僚統治階層的醉生夢死；抗戰勝利後「接收大員」與漢奸們相互勾結的無恥行徑；善良的人們「天亮」之後依然飢寒交迫和希望的徹底破滅……。

《小城之春》，《小城之春》是文華「文人電影」的典型代表與巔峰之

作。身處 20 世紀 40 年代後半期傳統與現代、個人與歷史之間複雜關係的費穆，始終堅持認為每一個電影知識分子都應該是獨特無雙的思索著的個體。他在個人發展與歷史發展的偶合點上獲得啟發，詩意美學與儒學倫理的精髓鎔鑄於戰後江南一處小城內發生的情感風波，以富於創造性的時空處置和獨特的段落鏡式，表現了戰後中國這一特殊時期的人文情緒和全然中國化的審美意蘊。[1]

《萬家燈火》，《萬家燈火》由沈浮導演（崑崙影業出品，1948），它描寫上海某公意司職員胡智清，妻子又蘭溫柔賢慧、精打細算，他們有個七歲的女兒叫妮妮，過著雖不豐厚倒也和美的日子。胡的母親以為在上海過著「花園洋房」的好日子，帶著全家老小投奔而來，隨著也帶來生存問題。胡家空間狹小，智清薪水微薄，任憑又蘭再精打細算也難以應付一大家子的開支。房東太太好心臨時借給胡家空著的亭子間，但不久又租了出去，全家人只好擠在一間房子內。智清無奈去找經理錢劍如預支薪水，而經理藉故不給，同事小趙借了一些錢給智清。生存問題還沒解決，家裏婆媳關係又出了問題。婆媳倆互相指責、爭吵，以至懷孕的妻子賭氣出走並流產。窘迫的智清在汽車上撿了一錢包，被人誣為小偷毒打一頓，以致精神恍惚，走路時撞上了錢劍如的汽車。錢匆匆逃走，智清被送進醫院。全家人到處尋找智清。最後，經歷著相同苦難的婆媳二人，終於和解了，而智清也從醫院趕了回來，全家人團聚在「萬家燈火」的時候。

第四節　民國南京政府後期的圖像新聞出版

抗日戰爭勝利後，國內的主要矛盾轉向國民黨與共產黨爭奪主權的內戰，即我們通常意義上說的解放戰爭時期。這一時期的主要焦點是對於「人心」的爭奪，國民黨由原來抗戰時期的「剿共」、「滅共」策略轉向「容共」。所以國民黨的新聞宣傳轉向其「寬容」、「和諧」的輿論戰，營造虛假的團結，本質是蒙蔽人民，在美帝國主義的支持下企圖一舉剿滅共產黨及共產黨領導的武裝力量。此時，中國共產黨領導下的解放區新聞宣傳出版事業取了長足的進步，圖像新聞業的政治性、真實性、思想性等方面都取得了突出的成績，改變了畫報畫刊的政治面貌和社會傳播效果，版面由唯美主義傾向轉向現實

---

1 虞吉：《中國電影史》，重慶大學出版社，2011 年版，第 107 頁。

主義的維度。[1]

一、對社會現實的強烈關注

　　戰爭賦予了攝影新聞的傳播以新的內涵，特殊境況下的政治需要和輿論生產又激發了新聞傳播方式的多種可能性。自 1937 年以來，中國共產黨領導的新聞攝影事業日漸長大，實踐的豐富又促進了攝影理念和傳播理念上的提升，現實性、思想性和藝術性成為新聞攝影美學的基本要素。實際上，內戰時期的新聞圖像出版業，是具有中國特點的新聞攝影美學奠立的基礎，一大批優秀的攝影家因此成長起來，一大批堪稱經典的新聞攝影作品誕生。下面僅舉幾例。

　　《切斷敵人補給線》，1945 年 6 月李峰拍攝。畫面顯示，在大部隊的掩護下，數十名支前隊員齊心協力掀翻日軍的鐵軌以截斷敵軍補給線的情景，瞬間被定格。照片發表後，極大地鼓舞了民眾的抗敵士氣。

　　《軍民一家親》，1946 年梁明雙拍攝。畫面上，七八名八路軍戰士在幫助老鄉推碾子，年輕的村婦在一邊帶著孩子，目光中充滿著感激。

　　《蔣家鬍子娃娃兵》，1946 年 12 月李械拍攝。畫面通過對國民黨戰俘中一名 73 歲鬍子拉碴的老兵和 13 歲娃娃兵在隊伍中的特寫表達，揭示了兩軍在河南易縣、滿城戰役後國軍的慘敗景象，用一老一少的悲慘遭遇揭示國軍強徵橫奪、不得民心的罪行。

　　《軍民魚水情》，1948 年 2 月蔡尚雄拍攝。畫面表現在蔡南戰役行軍途中，當地婦女百姓在路邊設立了慰勞站，為長時間在山間行軍的戰士送水遞乾糧。

　　《深仇大恨訴親人》，1948 年 3 月田明拍攝。畫面表現的是蔡南戰役解放廣靈后，解放軍部隊進入縣城，一名紮著頭巾的老婦人擠出人群向一名解放軍戰士含淚控訴國民黨統治時期的燒殺搶掠、敲詐勒索；聽到控訴的解放軍戰士也忍不住低頭垂淚，悲憤滿腔。

　　《鄭洞國抵哈爾濱火車站》，1948 年 9 月鄭景康拍攝。這可以說是一幅在關鍵的時刻拍攝並及時傳播的、起到了萬千兵力也所難以替代的作用的新聞照片。鄭景康的這幅照片在當時的《東北畫報》發表後，對敵人作了無情的揭露，同時激起了解放軍戰士的戰鬥決心。

1　本節的資料取得彭永祥、季芬的授權，同意使用《中國畫報畫刊》的部分內容。

圖 5-12　蔣家鬍子娃娃兵（李棫攝）

《露宿街頭》，1949 年陸仁生拍攝。畫面表現的解放軍攻佔上海後，不擾民住房，夜裏露宿街頭的情景。它將共產黨軍隊紀律嚴明、不擾民的觀念生動地表達出來。

《丈量土地》，1948 年于志拍攝。作品取材於察哈爾省萬全縣，農村幹部在廣闊的土地上丈量計算土地的面積，再逐一分發給貧苦的農民。作品體現了合乎民心的政策的正在進行時，稱得上是反映解放區土地改革運動具有代表性的作品之一。

二、異彩紛呈的畫報創辦潮

1948、1949 這兩年，國內戰爭形勢發生了很大的變化，國民黨軍隊從攻勢變成守勢，許多大城市已經被解放軍解放，革命的力量得到空前發展，革命熱情空前高漲。這一時期畫刊出版勢頭也很旺盛，有據可查的就超出了 100 種，尤其是這一時期解放區的畫報出版，種類繁多、數量驚人，但畫報刊行的時間都比較短。此時的畫報已經成為可信消息的重要來源，成為鼓舞人民、教育人民的主要手段，成為共產黨人政治鬥爭、軍事鬥爭的武器和宣傳自己政治理想的舞臺，也成為中國人民革命鬥爭的歷史記憶。

表 5-1　1945～1949 解放區報紙攝影副刊與畫報出版情況一覽表[1]

名　　稱	主編與出版單位	出版時間
《晉察冀畫報》第 8 期	晉察冀畫報社	1945.04
山東畫報膠東渤海分版	山東畫報社	1945.06
《山東畫報》25 期～	山東軍區	1945.07
冀熱遼畫報	冀熱遼畫報社	1945.07
東北畫報	東北畫報社	1945.12
武裝報	新四軍第 7 師	1945.12
《東北日報》創刊	東北日報社	1945.11
八路軍和老百姓	章文龍編，晉察冀畫報叢刊之一	1946.03
晉察冀的控訴	章文龍編，晉察冀畫報叢刊（之下）	1946.03
人民畫報	晉冀魯豫軍區的攝影科和美術科共同籌辦	1946.04
人民日報	中共晉冀魯豫中央局機關	1946.05
人民戰爭	晉察冀畫報叢刊之四	1946.07
《人民畫報》創刊	裴植、艾炎、高帆等	1946.08
勝利畫報	熱河軍區	1946.08
《晉察冀畫報》號外二期	晉察冀畫報社	1946.08
《人民畫報》2 期	晉冀魯豫軍區	1946.10
山東畫報（1947.1 後更名爲《華東畫報》）	山東軍區，鄭景康等	1946 年秋
《晉察冀畫報》季刊第 1 期	晉察冀畫報社	1947.03
勇士影報	裴植、袁克忠、王中元、李峰等	1947.06
冀中畫報	冀中畫報社	1947.07
晉察冀畫報 11～13 期	晉察冀畫報社	1947.10～1947.12
華北畫刊	華北畫刊社	1948.06
中原畫刊	中原軍區，裴植主辦	1948.09

1　資料來源：（1）甘險峰：《中國新聞攝影史》，中國攝影出版社，2008 年版；（2）顧棣、方偉：《中國解放區攝影史略》，山西人民出版社，1988 年版。

華北畫報	華北畫報社	1948.10
江海畫報	華中軍區九分區政治部	1948 年創刊
飛影畫報	華東野戰軍新華分社三支社	1948 年創刊
前衛畫報	華東魯中南軍區政治部	1949.01

另外，其他地區出版的畫報畫刊數量也較為可觀。

《天津民國日報畫刊》，1945 年 12 月創刊，天津民國日報編輯部畫刊組編，總編輯龐宇振，總主筆俞大酋，週刊，8 開 4 版。綜合性畫刊。以介紹時事、宣揚文化、提倡藝術、灌輸科學為宗旨。刊登時事新聞、政治軍事、工業學術論文以及社會動態的照片等，還刊登藝術作品，如中西名畫、美術攝影、金石古器等等。1947 年 12 月終刊，共出版 102 期。存 1945 年 12 月第 1 期至 1947 年 7 月第 102 期。

圖 5-13　《天津民國日報畫刊》封面

《東北畫報》，1945 年 11 月冀熱遼畫報社改名爲東北畫報社。第一任社長是羅光達，第二任社長是朱丹，而後接任的是施展、張醒生。該刊還用中蘇友好協會名義編輯出版了《中蘇友好畫報》。12 月，畫報社遷至本溪，並於本溪出版了《東北畫報》第一期。1946 年 1 月畫報社遷至通化，1946 年 5 月，又遷至黑龍江佳木斯市。1947 年 4 月後，東北畫報社部和編輯部遷至哈爾濱，印刷廠留在佳木斯。劉博芳和張進學時任印刷廠正、副廠長。陳正青任攝影科科長，鄭景康任研究室主任，張仃人總編輯。同時還編輯出版了 4 開本的《東北畫報增刊》，以及《東北畫報漫畫專號》《紀念解放後第二個「九‧一八」專號》。1949 年 3 月，《東北畫報》遷回瀋陽，由 16 開本改爲 12 開本，刊期仍爲半月刊。在這 3 年多時間裏，《東北畫報》共發表各類照片 1958 幅，內容涉及除「四保臨江」外東北解放戰爭的所有重大戰役、戰鬥和後方支前、參軍、土改、反霸、鋤奸、生產建設等重大政治活動。1955 年 2 月改名爲《遼寧畫報》，終刊。

《一四七畫報》，1946 年 1 月 11 日創刊於北京，吳宗祜編輯。爲綜合性刊物，爲了與《三六九畫報》有所區分，就錯開日子，是逢 1、4、7、11、14、17、21、24、27、31 日出刊，故稱《一四七畫報》，16 開本，16～20 頁。主

圖 5-14　《一四七畫報》封面

要內容有：世界之窗、現實新聞、文藝作品、影星生活、戲劇電影、北京社
會百態。圖文並茂，特別是齊白石、徐燕孫、吳鏡汀合作的《一四七畫報》，
封面畫格外和諧，燭臺、古書與爆竹渾然一體，靜中生動、動裏蘊靜，畫面
簡潔，餘味悠長。1948 年 8 月 17 日停刊（一說是 1948 年 12 月停刊），共出
版 23 卷 8 期。

　　《星期六畫報》，1946 年 5 月 18 日創刊，發行兼主編張瑞亭，週刊，每
週六出版，16 開本，每期 16 頁，售 300 元，天津星期六畫報社發行（上海分
社設在梅白克路祥康里 81 號）。經理鄭啓文，營業主任陳文煥，編輯兼記者
李伍文，會計黃潔心。該刊爲綜合性畫刊，以文字爲主，偶有照片，致力於
社會教育爲國民教育，並從事於國民「娛樂」及「欣賞」興趣的提高，刊登
中外新聞、時事評論、人物專訪；中外影劇動態、影劇評論；名勝介紹及小
說連載，並有現代偉人誌專欄及雜品專欄。1946 年 9 月 21 日出第 19 期，封
面右爲吳素秋戲圖，左爲目錄，下爲廣告，反面刊戲劇界名伶人像，並介紹
一些女伶生活瑣事。1949 年 1 月停刊，共出版 139 期。

圖 5-15　《星期六畫報》封面

　　《人民畫報》，1946 年 8 月 1 日創刊，由裴植、高帆、艾炎等創辦，晉冀魯豫軍區政治部人民畫報社編輯出版，社址在邯鄲。從創刊至 1948 年 5 月，共出版畫報 8 期，增刊 1 期。其中創刊號與第 8 期（最後一期）爲成冊的 16 開畫報，其餘均爲單頁畫刊。從第 3 期開始定爲雙月刊。1948 年 5 月 9 日，晉

圖 5-16　晉冀魯豫軍區出版的《人民畫報》

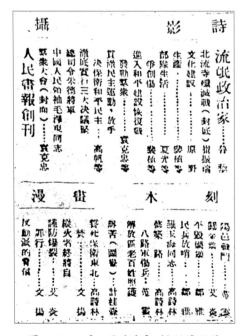

圖 5-17　《人民畫報》創刊號目錄

冀魯豫軍區和晉察冀軍區合併，成立華北軍區，晉冀魯豫軍區的人民畫報社與晉察冀畫報社合併成立華北畫報社。在《人民畫報》創辦的過程中，高帆和裴植起到了關鍵作用。

《人民畫報》創刊號爲 16 開本，連封面封底共 24 頁，裝訂成冊。畫報前兩頁登載了毛澤東和朱德的肖像，還刊登了毛澤東的題字「爲人民服務」和軍區政治部主任張際春給畫報寫的發刊詞。創刊號畫報選用了「徹底實行三大決議、堅決保衛和平民主」、「進入和平建設，恢復戰爭創傷」、「部隊生活」、「文化建設」、「工農業生產」等五組照片，還發表了 7 個版面木刻、漫畫等美術作品。

1946 年 12 月 25 日，《人民畫報》第 2 期出版。從這期開始，由大型畫報改爲單頁形式，直至第 7 期（其中第 2 期至第 5 期爲單頁雙面印刷，增刊和 6、7 兩期爲單頁單面印刷）。第 2 期四開兩版，雙面印刷，發表總標題是「堅決執行毛主席的作戰方針，殲滅蔣賊有生力量」的一組照片，這些照片集中報導了 9、10 兩月解放軍在晉冀魯豫戰場的勝利；另外還刊登 4 組美術作品。

《人民畫報》從 1947 年 2 月 15 日第 3 期開始定爲雙月刊，逢雙月出版。第 3 期全是木刻與漫畫。4 月 15 日出第 4 期，既有攝影作品也有美術作品。6 月 15 日出增刊一期，單頁單面印刷，刊登題爲「向人民解放軍放下武器以後」的一組照片。6 月 25 日第 5 期發表以「繼續大量殲滅敵軍，積極支持蔣管區愛國運動」爲題的一組照片和漫畫作品。10 月 25 日第 6 期出版，總題爲「七月魯西大捷所活捉之蔣匪軍高級將領」。1948 年 1 月 25 日出版的第 7 期發表照片 13 幅，漫畫 2 幅。

《健與美》，香港，李氏健身學院出版，雙月刊。1947 年 6 月合刊再版。欄目有：專著：論述健美運動；拳術：各類的拳法；婦女與兒童：婦女兒童的健康健身；器械運動：健美器械的運動知識圖解；插圖：女子的健美核心及體操；健美信箱：有關健與美的展望，等。

《扶風畫報》，1947 年 11 月 1 日創刊於天津，安樂然編，週刊，16 開本，14 頁，民國日報社印刷。出版 3 期後停刊。遊藝雜誌，服務於市民的休閒生活。文章短小，品類繁雜，包括時事、社會新聞、科技與文史類知識小品，近半篇幅爲娛樂性內容，如電影、戲劇、曲藝的節目評介、演員活動等。每期有多篇武俠或言情小說連載。雖稱「畫報」，實以文學爲主，配以少量照片和漫畫。現存 1947 年 11 月第 1 卷第 1 期至第 1 卷第 3 期。

圖 5-18　《健與美》封面　　　　　圖 5-19　《扶風畫報》封面

　　《友誼畫報》，約 1947 年創刊，中蘇友好協會編輯，旅大友誼書店發行，月刊。北京圖書館、清華大學圖書館、遼寧省圖書館存第 16 至 23 期（1949年 2 月至 9 月出版）；首都圖書館存第 17 至 23 期；吉林大學圖書館存第 16至 20、22、23 期；吉林師範大學圖書館存第 16 至 19 期。15 期前均為散頁印刷，16 期起改為 12 開本，「編者的話」中曾說：「《友誼畫報》在各方面的幫助與支持下，已出了 15 期，然而工作上尚存在著很多缺憾，經各方面不斷建議，目前首先執行大家的要求，自本期起將畫頁改成本了……隨著畫報改成合訂本，篇幅亦有增加，為了豐富畫報的內容，使畫報能夠及時反映各地中蘇兩大民族友誼團結的事蹟及關東各界在民主政府領導下積極從事民主建設事業的動態，並保證按期出版起見，特向我關東各地各界徵求畫報通訊員。希望善於掌握材料，能畫、能攝或能寫適合畫報需要的短文、故事、快板等並樂意協助畫報工作者，能自動與我們取得聯繫，多多賜稿，並給畫報多多提意見。」投稿獎勵辦法為投畫稿與木刻作品贈送書刊，特約攝影記者給稿費及材料費。

1949 年 2 月 22 日第 16 期前部分刊蘇聯建軍 31 週年紀念照片 16 張，蘇聯衛國戰爭畫選 5 張，伏羅希羅夫肖像 1 張，普希金像 2 張。漫畫欄刊華君武等畫作 7 張。還刊王達坤、韓浩然拍攝的「關東鏡頭——春節」照片 11 張，新春畫頁 16 幅及遲牛創作的「英雄趙振聲的學習方法」圖畫一組 11 張。

《東北人民解放軍 1947 年戰績》，東北人民解放軍司令部出版，東北畫報社印，16 開本。前 3 頁為毛主席、朱德及林彪肖像照片，第 4 頁為司令部寫的前言，內容為司令部發言人談 1947 年扭轉戰局的經過。

該刊還刊有如下內容：東北人民解放軍形勢圖 5 幅，其中每圖占一頁；東影拍攝「連續進攻，不斷勝利」的照片，內容包括會議、動員、三下江南、進攻、殲敵、俘獲等；1947 年俘獲的蔣軍官兵名單（團以上），有人物頭像 27 張；繳獲敵人的武器裝備、糧食、槍支、彈藥等照片 5 張；連克鞍山、遼陽、四平、吉林各城的照片；東北人民解放軍野戰軍各師戰績統計，包括立功喜報傳到後方照片 2 張、人民熱烈支前照片 3 張、人民解放軍一年戰績統計、人民解放軍半年戰績統計、全國各解放軍殲敵統計、全國敵我損失比較、關內各解放區戰績照片（其中有魯南繳獲「生的」五口徑的榴彈炮）、各解放區戰績統計。

《戰線畫片》，蘇中展現社、紅旗報社聯合出版，蠟刻板，報紙油印。有時為 32 開，有時為 10 開。

1947 年 2 月 12 日刊「七炮七中顯神威」、「蔣軍 187 旅內部的倒楣事件」照片，1947 年 2 月 13 日刊「兩個英雄再立功」、「五槍四中顯身手」照片，1947 年 2 月 14 日刊「再顯身手，追上敵人繳機槍」、「三支隊徐宗堂同志掛彩衝鋒繳機槍」照片，1947 年 2 月 20 日刊「一個拼六個：七支隊一大隊二中隊江湯海同志」照片，1947 年 2 月 21 日刊「張新餘草堆奪機槍」照片，1947 年 2 月 22 日刊「唐排附撲河奪彈筒」照片，1947 年 2 月 23 日刊「王守潔、陳家莊勇猛機警立大功」、「節排付帶花馱傷兵下九線」照片，1947 年 2 月 24 日刊「通訊員也繳機槍」照片，1947 年 2 月 25 日刊「拼北解放新同志劉心山」、「陳家莊戰鬥立第一功」照片。該刊中每件事均有一畫，並附短文。

《菏澤畫報》，1947 年 5 月上旬創刊，菏澤畫報社出版，不定期刊物，油印。該刊反映了菏澤游擊區堅持新陣地的情況。

開始由耿一山畫了幾張蔣介石賣國的內容畫貼到本屯集市上，引來較多老百姓關注。有紀錄說：「報社同志得到這個實際情況後，經過研究得出的結

論是畫報要反映群眾親力體驗的實事實物，才能起到教育群眾的作用，因此報社同志即在這個問題上下了工夫。所以畫報就緊緊地結合了我們的中心任務向前發展了。」

《中國人民愛國自衛戰爭華東戰場第一年畫刊》，山東大眾日報社與新華社華東分社聯合編印，又稱《解放戰爭華東戰場第一年畫刊》，1947 年 10 月 1 日出版，大 16 開本，52 頁，收入新聞照片 240 餘幅。照片由王紀榮、李本文等 19 人拍攝，還有華東畫報社、華東野戰醫院、新華社華東前線分社、解放軍官團等單位供稿。有陳毅、粟裕題字。

《內蒙古剪影》，1947 年 9 月張紹柯編輯並攝影，16 開，全刊照片，內蒙自治政府出版，東北畫報社印刷。首刊毛主席、烏蘭夫像。其具體照片內容如下：內蒙古自治運動聯合會成立 4 張、歡迎烏蘭夫主席 3 張、內蒙古人民代表會議 13 張、內蒙古共產黨工作委員會誕生 1 張、建立各盟人民政府 2 張、救濟蒙漢人民 3 張、寬大政策 2 張、鬥爭惡霸拉木札普 7 張、內蒙古人民自衛軍 1 張、保衛家鄉保衛草原 6 張、蒙漢聯軍 2 張、蒙漢人民參軍勞軍 3 張、經濟建設 6 張、文化教育 7 張、蒙古音樂 7 張，共計 41 張。

《冀中畫報》，1947 年 7 月 7 日創刊，連隊讀物，1946 年冬於河間縣由流螢籌辦，後流螢兼任主任，林揚、龐嵋等任編輯。該刊 4 開單頁，道林紙雙面印刷，每期印兩千份，共出 6 期，發表照片 88 幅，美術作品 20 幅。照片作者有李峰、吳洛夫、衫玲、林揚、魏宗耀、流螢、杜海振、陳志、宋謙、曹正、李楓、袁浩、李晞、袁紹何等。

《華北畫報》，原名《晉察冀畫報》，1948 年 10 月出版，華北畫報社編，華北軍區政治部出版，8 開 2 版，為連隊讀物。主要內容反映華北地區的政治、經濟、軍事等，圖文並茂地反映華北戰場大捷情況，農民打土豪分田地的照片，1950 年停刊。現存 1948 年 10 月出版的第 1、2 期。北京大學圖書館、清華大學圖書館、首都圖書館、南開大學圖書館、遼寧省圖書館存第 1 期；吉林師範大學圖書館存第 2 期。

其前 9 期發行日期分別為 1948 年 6 月 10 日、1948 年 6 月 30 日、1948 年 7 月 31 日、1948 年 8 月 1 日、1948 年 8 月 21 日、1948 年 9 月 1 日、1948 年 9 月 21 日、1948 年 10 月 11 日、1948 年 10 月 21 日。照片拍攝者有高糧、高帆、杜榮春、袁苓、柳蔭荃、郝建國、陳棟科、黎民。第 3 期攝影者注明為高帆、砂華、遠展、孫良、杜榮春。第 1 期刊登啟事中說：「晉魯豫軍區政

治部人民畫報社、晉察冀軍區政治部晉察冀畫報社奉命合併成立華北畫報社，過去出版之《人民畫報》《晉察冀畫報》《晉察冀畫刊》，今後改出《華北畫報》與《華北畫刊》。」落款為「華北軍區政治部華北畫報社啓，5月27日」。

圖 5-20　在河北平山編輯出版的第 1 期《華北畫報》

　　1949 年 4 月 21 日出第 12 期，本期存有 3 至 6 頁。第 3 頁刊攻克新保安、攻克張家口圖片 8 張，分別為袁苓、高宏、張新炳、黎民、冀連坡、韓榮志拍攝；第 4 頁刊平津戰役勝利光輝的文章，刊毛主席、朱總司令像，冀連坡拍攝東北華北解放大軍勝利會師照片，袁汝遜拍攝的斃敵 35 軍軍長照片，袁苓拍攝的成千上萬俘虜開土新保安戰場的照片，師（旅）級俘虜軍官 16 人的頭像，拍攝者分別為趙彥章、紀志成、鐘聲、安康、袁汝遜、李光躍拍攝；第 5 頁刊二百萬人民狂熱歡迎解放軍雄獅並進北平照片 5 張，分別為楊振亞、高糧、高帆等拍攝，還刊有北平外圍戰鬥勝利照片 5 張，分別為孔繁根、流螢、高糧、江平拍攝；第 6 頁刊解放平津戰鬥攝影照片 9 張，分別為林楊、楊振亞等拍攝。

　　《蘇北畫報》，1948 年 9 月 30 日出發刊號，蘇北軍區政治部蘇北畫報社出版，8 開 2 版。管文蔚寫的發刊詞中說：「我們要學習毛主席朱總司令的思

想作風，遵循他們的建軍路線，不斷地建設華中第一線第二線部隊，因之我們應該把華中人民為何仇恨敵人、人民為何成千成萬的湧進了解放軍、為何英勇的大量的一批一批的殲滅敵人、留在後方的人民及一切黨政工作者又為何的不分晝夜的勤勞生產和為何的不顧一切疲勞的支持前線，以上這些可歌可泣的成績，我們要典型的大眾化的描刻出來，使我們有所學取和警惕。另一方面，我們又要與閱者群眾取得密切的聯繫，從他們那裡吸取知識，以不斷改善我們的工作，這樣，我們的工作將發生偉大的力量。」

圖 5-21　1949 年 8 月 1 日《蘇北畫報》第 7 期

9 月 3 日畫報社「致讀者、作者」中說：

一、為適應廣大戰士需要並發揮文藝之戰鬥作用，軍區政治部特決定出版畫刊《蘇北畫報》一種，目前因印刷條件限制，暫出八開兩版。

二、凡有關戰鬥並配合當前政治任務，及解放區前線後方各種英勇動態，只要內容實際，能鼓舞士氣，增強鬥志，發揚革命英雄主義或適當表現所發生的不良現象的圖畫、木刻、詩文、歌曲、通訊等均所歡迎。

1948 年 10 月 5 日出第 1 期，1948 年 10 月 30 日出第 2 期，1948 年 12 月

1 日出第 3 期，1948 年 12 月 15 日出第 4 期，1949 年 1 月 1 日出第 5 期，刊
毛主席、朱總司令肖像各一，1949 年 2 月 1 日出第 6 期，1949 年 3 月 1 日出
第 7 期，1949 年 4 月 1 日出第 8 期。該刊畫作、木刻水平都較高。

《人民》，晉冀魯豫軍區政治部出版。1948 年 2 月 25 日出第 8 期特大
號，內刊毛澤東、朱德、劉伯承、鄧小平肖像各一，「大反攻的號角打響動
員準備大進軍」照片 3 張，「夜渡黃河天險」照片 2 張，「魯西南大捷、敵俘
及蔣軍之兵」照片 9 張，「羊山集之戰、殲滅陳誠部 66 師」照片 7 張，「橫越
隴海路」照片 2 張，「通過黃泛區」照片 3 張，「強渡汝河」照片 3 張，「搶渡
淮河」照片 4 張，「勝利到達大別山」照片 2 張，「回到革命故鄉大別山」照
片 1 張。

圖 5-22　《人民》畫報和《戰場》畫報封面

《前衛畫報》，1949 年 1 月 1 日出創刊號，華東魯中南軍區政治部出版，
後由中國人民解放軍魯中南軍區出版。半月刊，4 開單張，兩面印刷，出至第
12 期改為 16 開，4 頁。初期以用圖和數字記錄敵我兩軍變化的情況，還刊有
時事漫畫，為繼承人民解放軍優良傳統而出版，柳欣繪圖，自 12 期之後，以
刊登新聞照片為主。新中國成立前，共出版 15 期。1949 年 2 月 1 日出有一
期，封面刊毛主席、朱總司令像。作為部隊教材，發刊連隊，向戰士講解宣
傳三大紀律，內容全為圖畫。南京圖書館存第 1 期；山東省圖書館存第 3 期；
解放軍畫報社資料室存第 4、10 至 12 期；遼寧省圖書館、吉林大學圖書館存
第 9 至 15 期。

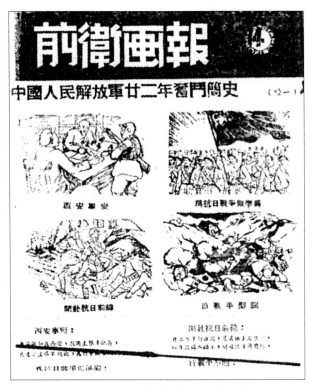

圖 5-23　1949 年《前衛畫報》封面

　　《襄樊戰役》（人民戰士攝影集），第二野戰軍政治部編輯，1949 年 6 月人民戰士出版社出版，16 開橫本，印 6000 份。攝影者有袁克忠、李國斌、郝長庚、王健民、裴植。襄樊戰役是解放戰爭中一次重大戰役，以活捉敵司令官和斃傷俘敵兩萬餘人而勝利震驚中外。這本攝影集，生動反映了這場戰爭的情景。

　　1948 年 7 月中原人民解放軍一部挺進漢水，之後解放襄陽、樊城、老河口等七城鎮，共殲敵二萬多人，活捉敵正副司令康澤、郭勳祺及高級將領多名。給美帝國主義及其走狗國民黨反動派以沉重打擊，敵人的所謂的「漢水防線」一戳就破。內刊照片 33 張，繪畫 1 張，照片內容包括進軍動員、行軍，1948 年 7 月 2 日二次解放老河口（第一次為 5 月 17 日），我軍搜索光化縣正副，漢水上進軍，炮擊襄陽，我軍登城襄陽，登城英雄馮秀材，敵人投降，7 月 9 日解放樊城；活捉康澤及敵高級將領；繳獲統計戰利品；我軍對新區群眾宣傳等照片。圖片介紹了我軍歷次戰役的光輝勝利及燒毀樊城民居千萬間等蔣匪的暴行。

三、走向成熟的專業影像機構

重慶雖然是大後方的政治中心，但抗戰爭爆發後，物資缺乏，交通困難。儘管物質條件落後，後方的照相材料業、照相館和攝影工作者經受了鍛鍊，依舊做了許多工作。重慶的攝影專門機構在各方面的條件非常艱難的情況下仍得以發展。1945 年前後，由於特定的戰時特點，所有的攝影機構都以宣傳抗戰爲基本出發點，因而，新聞攝影是這些專門機構的主要任務，甚至是唯一任務。

1. 中央電影攝影場

中央電影攝影場是中國國民黨官方的電影製片機構。於 1933 年 10 月在南京成立，屬國民黨中央宣傳委員會直接領導。抗日戰爭爆發後遷往重慶，拍攝了三部以宣傳抗日爲內容的故事影片和十多部新聞紀錄片。1945 年抗日戰爭勝利後，以接收的原中華電影聯合股份有限公司爲基礎，在上海設立一、二分廠；以接收的原華北電影股份有限公司爲基礎在北平設立三分廠；1946 年，以接收的原滿洲映畫株式會社爲基礎，在長春成立長春電影製片廠，均由國民黨中央宣傳部控制，成爲實力雄厚的官方電影機構。1947 年 4 月，改組爲中央電影企業股份有限公司，一部分傾向進步的電影工作者曾利用「中電」拍攝一些宣傳抗日、反映當時社會現實的影片。1949 年 1 月、5 月，北平「中電三廠」和上海「中電」一、二廠先後由北京、上海的軍管會接管，爲北京電影製片廠和上海電影製片廠的建廠創造了基本條件。

2. 國民黨中央社攝影部

1938 年 5 月，國民黨中央社會攝影部在武漢成立，年底遷至重慶，魏守忠任新聞攝影組組長，羅寄梅任攝影部主任，攝影記者先後有顧廷鵬、蔡述文、俞創碩、馮四知、宣文傑、宣相權、陳西玲等，分別在前後方進行採訪，拍攝的照片供給有關單位選用，部分留作資料。

3. 全民通訊社

全民通訊社是中國共產黨領導下的通訊機構，遷徙後在重慶蒼坪街設立社址及暗房。1939 在 5 年月重慶慘遭日寇大轟炸後，全民社發表了「重慶血屠」的系列新聞照片。

4. 國民黨中宣部國際宣傳處攝影科

國民黨中宣部國際宣傳處攝影科負責對外攝影宣傳，李欽瑞任科長，經

常鄺光、鄺光社或英文名字 Thomas Kwarng 向香港和國外發送新聞照片。

5. 勵志社電影科攝影組

勵志社是國民黨軍隊的服務組織，遷到重慶後成立了電影科，卓世傑任科長，設有美術組和攝影組。攝影師有胡崇賢、蔣仲琪、卓世傑等人，其主要任務是拍攝蔣介石、宋美齡和軍政機關活動的相關照片。

6. 晉察冀畫報社

1946 年 4 月，晉察冀畫報社撤銷了電影科建制，但同時在晉察魯豫軍區成立了攝影科與美術科。[1]1946 年 5 月，晉察冀畫報社進行組織整編，縮小機構、精簡人員，印刷廠與材料供應科合併成立和平印書館，後成立「新時代圖片公司」。1946 年 7 月，晉察冀畫報社與美國新聞處建立了相互發稿的關係。美新聞處為晉察冀畫報社提供了大批二戰時期新聞照片，畫報社給美國新聞處寄發了八年抗戰和自衛反擊戰的新聞照片。[2]1947 年，晉察冀畫報社發出數百幅照片。每套照片 10 張或 8 張不等，主要發到各大軍區、各畫報

圖 5-24　八路軍戰士在閱讀畫報

1　據顧棣、方偉所著《中國解放區攝影史略》（山西人民出版，1989 年第 1 版），第 462 頁反映，1948 年 5 月 20 日，在河北平山縣城舉行晉冀魯豫軍區與晉察冀軍區合併暨成立華北軍區大會，從此兩大軍區建制撤銷。原晉冀魯豫軍區的攝影人員一分為二，隨劉鄧大軍南下的裴植、袁克忠、王中元、李峰等歸入中原野戰軍即後來的第二野戰軍，留在後方的高帆、苗毅徵、張慶鴻、馮士傑等歸入華北軍區。

2　顧棣、方偉：《中國解放區攝影史略》，山西人民出版，1989 年第 1 版，第 453～455 頁。

社、地方軍區、野戰軍等。一套照片放 15～20 份，配說明，大多放 6 吋，特別重要的戰鬥新聞照片，如清風店戰役、解放石家莊等均放成 8 吋，一套 20 餘幅。

7. 東北畫報社

1946 年春，東北畫報社由遼寧本溪北遷吉林通化，三個月後搬到黑龍江省佳木斯市，編輯部搬回哈爾濱。

8. 新華社華東總分社

1947 年 1 月，華東軍區和華東野戰軍攝影工作歸新華社系統，成立新華社華東總分社，兵團、軍、旅成立分社和支社，第一任總分社社長是康矛召，總分社下設攝影組，陸仁生任組長，郝世保任副組長。

9. 膠東畫報社

膠東畫報社臨近青島、煙台，採購印刷物資比較方便，因此在山東解放區，它的製版印刷條件較好。《膠東畫報》初期，由大眾報社印刷廠負責印刷、發行。增加照片後，改由北海銀行印刷廠擔任製版任務，每期發行 5 千份。而膠東畫報社的成員，大都能兼用繪畫、文字、攝影三種武器，經常輪流到前線采訪和到基層組稿。

10. 華北畫報社

1948 年 5 月 25 日，隨著華北軍區的成立，晉察冀畫報社與人民畫報社在河北孟嶺正式合併，成立華北畫報社。晉察冀畫報社、人民畫報社番號從此撤銷。華北畫報社的組織機構以原晉察冀畫報社的編制為基礎做了一些調整。沙飛任主任，石少華、高帆任副主任。後來，因沙飛生病，軍區又調 18 兵團攝影科長吳群接替高帆，協助石少華領導畫報社和華北軍區的攝影工作。

圖 5-25　華北畫報社社徽

第五節　個案研究：《華北畫報》

　　《華北畫報》原名《晉察冀畫報》，1948 年 10 月出版，華北畫報社編，華北軍區政治部出版，8 開 2 版，爲連隊讀物。主要內容反映華北地區的政治、經濟、軍事等，圖文並茂地反映華北戰場大捷情況，農民打土豪分田地的照片，1950 年停刊。現存 1948 年 10 月出版的第 1、2 期。北京大學圖書館、清華大學圖書館、首都圖書館、南開大學圖書館、遼寧省圖書館存第 1 期；吉林師範大學圖書館存第 2 期。2011 年，中國軍隊唯一的畫報《解放軍畫報》慶祝了自己的 60 歲生日，走完了一甲子的歲月歷程。如果追溯前世今生，解放戰爭時期華北畫報社出版的《華北畫刊》《華北畫報》都可謂是《解放軍畫報》的族譜源頭。相比至今已經出了 800 餘期的《解放軍畫報》，華北畫報社的《華北畫報》和《華北畫刊》存世僅 2 年，共出版 19 期（畫報 4 期，畫刊 15 期）。

一、《華北畫報》出版概況

1.《華北畫報》出版的時代背景

　　華北畫報社成立時，正值解放戰爭進入第三個年頭。解放軍在各個戰場展開全面反攻，三大戰役即將開始。畫報社要在戰爭環境中印刷出版，同時還要做好資料和設備的保存工作。

　　華北畫報社的工作人員顧棟在日記中記載了 1948 年 8 月 23 日一次飛機轟炸的情形：

　　　　9 點半鐘，突有 B24 式飛機四架和 P353 式小型戰鬥機四架、中型轟炸機二架來襲。我和劉克己、李文芳三人先把底片放進地洞，然後防空。大家四散奔跑，有的跑入了莊稼地裏，有的跳進水坑，我剛過了小河，噠噠的機槍和隆隆的炸彈爆炸聲就響起來了。[1]

　　　　爲了迎接即將到來的全國勝利，畫報社除編輯出版畫報、畫刊外，還抓緊培訓攝影人員，並積極準備全國解放後的宣傳工作。

　　1949 年 1 月 30 日，北平解放。2 月 18 日，華北畫報社隨軍區領導機關一起進入北平，同時派出方弘到天津開展攝影和畫報工作，並在平津展開大規模圖片展覽宣傳活動。

1　顧棟日記摘編——1948，沙飛影像研究中心，http://www.shafei.cn/center/dataset/hys/HYS_GDrj_1948_06.html。

圖 5-26　爲預防敵人奔襲

　　遼瀋、淮海、平津三大戰役結束，華北解放軍也解放了華北全境，從此，華北境內已無戰爭。在此新形勢下，《華北畫報》應如何改變編輯方針，如何緊跟形勢適應需要，軍區宣傳部未做明確指示。又因爲畫報主要編輯人員全部調軍區宣傳部編輯科，由宣傳部編輯科幫助編輯出版了幾期單張畫刊，畫報工作暫時停頓下來。

　　華北畫報社進入北平時是中共黨、政、軍在北平唯一的新聞攝影單位，擔負著對外發稿、供應新聞圖片和提供各種有關歷史圖片資料的任務，畫報社爲此還特別成立了華北圖片供應社。據不完全統計，1949 年一年內，華北畫報社編發供應北平和全國各新聞單位、機關團體學校、畫報畫刊以及國外的新聞照片和展覽照片，共 12400 餘幅，供應部隊展覽照片 8622 幅。[1]國內國際一些重大攝影報導任務，也由華北畫報社擔任。如 1949 年 3 月 25 日，中共中央和解放軍總部遷到北平，毛澤東、朱德在西苑機場閱兵；4 月，中國代表團參加布拉格世界擁護和平大會，1949 年 4 月到 7 月，在北平先後召開的中國新民主主義青年團第一次代表會議、全國青代會、婦代會、工代會，還有亞洲婦女代表大會，中國人民第一屆政治協商會議以及 10 月 1 日的開國大典等，都是由華北畫報社擔任和組織攝影報導的。

2.《華北畫報》的形式與內容

　　華北畫報社成立於 1948 年 5 月，時值解放戰爭戰略反攻階段，也是中華

1　蔣齊生等：《中國攝影史 1937～1949》，中國攝影出版社，1998 年版，第 66 頁。

人民共和國的建國前期，特別是在 1948 年，遷址北平的華北畫報社是共產黨和解放軍在北平唯一的新聞攝影單位，擔負著對外發稿、供應新聞圖片和歷史照片資料的任務，因此《華北畫報》《華北畫刊》這存世短暫的一報一刊卻留存著大量建國風雲的珍貴影像記錄，具有重要的史料價值和研究價值。其前 9 期發行日期分別為 1948 年 6 月 10 日、1948 年 6 月 30 日、1948 年 7 月 31 日、1948 年 8 月 1 日、1948 年 8 月 21 日、1948 年 9 月 1 日、1948 年 9 月 21 日、1948 年 10 月 11 日、1948 年 10 月 21 日。照片拍攝者有高糧、高帆、杜榮春、袁苓、柳蔭荃、郝建國、陳棟科、黎民。第 3 期攝影者注明為高帆、砂華、遠展、孫良、杜榮春。第 1 期刊登啟事中說：「晉魯豫軍區政治部人民畫報社、晉察冀軍區政治部晉察冀畫報社奉命合併成立華北畫報社，過去出版之《人民畫報》《晉察冀畫報》《晉察冀畫刊》，今後改出《華北畫報》與《華北畫刊》。」落款為「華北軍區政治部華北畫報社啟，5 月 27 日」。1949 年 4 月 21 日出第 12 期，本期存有 3 至 6 頁。第 3 頁刊攻克新保安、攻克張家口圖片 8 張，分別為袁苓、高宏、張新炳、黎民、冀連坡、韓榮志拍攝；第 4 頁刊平津戰役勝利光輝的文章，刊毛主席、朱總司令像，冀連坡拍攝東北華北解放大軍勝利會師照片，袁汝遜拍攝的斃敵 35 軍軍長照片，袁苓拍攝的成千上萬俘虜開赴新保安戰場的照片，師（旅）級俘虜軍官 16 人的頭像，拍攝者分別為趙彥章、紀志成、鐘聲、安康、袁汝遜、李光躍拍攝；第 5 頁刊二

圖 5-27　在河北平山編輯出版的第 1 期《華北畫報》

百萬人民狂熱歡迎解放軍雄獅並進北平照片 5 張，分別為楊振亞、高糧、高帆等拍攝，還刊有北平外圍戰鬥勝利照片 5 張，分別為孔繁根、流螢、高糧、江平拍攝；第 6 頁刊解放平津戰鬥攝影照片 9 張，分別為林楊、楊振亞等拍攝。《華北畫報》共出 4 期，畫冊形式。封面用一幅大照片，刊名「華北畫報」壓在圖上方，橫向排版，期號排在右下。封面照片為黑白，但刊名和期號均為套紅印刷。

第 1 期，1948 年 10 月在河北平山縣編輯出版，16 開 58 頁。發表布拉格世界青年節、為平分土地而鬥爭、打開冀北地獄救人民、臨汾攻堅戰、劉鄧大軍南征紀影等專題新聞照片 169 幅。另外還刊發反映土地改革鬥爭的木刻、素描 17 幅。

第 2 期，1949 年 12 月在北京出版，16 開 56 頁，內容為中華人民共和國開國大典專輯。內刊中華人民共和國國旗、國歌，中央人民政府主席毛澤東和 6 位副主席、國務院總理周恩來的肖像，以及刊登北京天安門廣場開國大典及舉行閱兵的新聞照片 73 幅。

第 3 期，1950 年 8 月在北京出版，8 開本，內容為紀念八一建軍節 23 週年。有紅軍、八路軍、人民解放軍各時期珍貴歷史照片 40 幅。還有紀念「五一」、「五四」及解放海南島、舟山群島的新聞照片。

第 4 期，也是最後一期，1950 年 8 月在北京出版，中心內容是華北解放軍大生產特輯。

《華北畫刊》共出 15 期，多為 16 開 4 版單頁雙面印刷（其中只有 1949 年 4 月 21 日第 12 期報導平津戰役勝利的專刊為 16 開 8 版）。《華北畫刊》的報頭設計中融合了稻穗的圖案，同時有「連隊讀物」的字樣。相比《華北畫報》，《華北畫刊》的內容更加豐富，涉及戰爭信息、部隊生活、軍民關係、連隊建設、戰術指導等主題。新聞照片主要內容有：「察南戰役中的安平民工隊」，「解放中原的進軍」，「打垮閻匪四十九師，活捉張翼趙俊義」，「左雲千人大血債」，「慶祝華北解放區成立」，「臨汾攻堅戰大獲全勝」，「二軍團北進運動戰生活點滴」，「高級俘虜與重要繳獲」，「向艱苦奮鬥的劉鄧大軍學習」，「華北軍政大學開學典禮」，「政策執行得好，新區人民都說呱呱叫」，「革命隊伍像個大家庭」，「堅決消滅閻匪，解救晉中人民」，「深澤民工擔架隊」，「晉中前線空前大捷，十萬閻匪全部殲滅」，「鄉村城市歡慶新生」，「梁山部節省口糧救災民」，「文化娛樂大家搞，平原部展開『兵演兵』」，「國民黨空軍人員

起義」,「平綏鐵路工人搶修鐵路支持戰爭」,「平津戰役勝利」,「二百萬人狂熱歡迎解放雄師開進北平」,「建設強大的國防軍」等。

3.《華北畫報》的編輯方針

華北畫報社是人民畫報社與晉察冀畫報社的繼續和發展,辦報思路、編輯方針沒有改變,仍堅持為戰爭服務、為兵服務的基本原則。華北畫報社出版的一報一刊,又有所區別。

《華北畫刊》以部隊戰士為服務對象,緊密結合形勢,及時報導戰役戰鬥的勝利、戰地生活和部隊的各種活動,10 天至 20 天出版一期,發行 2 萬份。在 1948 年 6 月 10 日《華北畫刊》第 1 期報頭上方標注著「華北邊區郵政管理局登記第 42 號認為新聞紙類」字樣,報頭中包含的「連隊讀物」四個字,也是《華北畫刊》編輯方針的一種體現。

《華北畫報》的主要任務是綜合報導一個時期發生的重大軍事新聞事件,記錄革命戰爭歷史,內容以軍事新聞攝影圖片為主,輔以少量美術和文藝作品。為了和畫刊有所區別,《華北畫報》兼顧地方讀者,除免費下發前線部隊外,還通過當地新華書店向社會公開徵訂,一期印發 5000 至 10000 份。

1949 年,遼瀋、淮海、平津三大戰役結束,畫報工作暫時停頓,直到 1949 年 9 月新中國成立前夕,畫報社才組織了一個由石少華、李遇寅、吳群、楊振亞、顧棣、龐嵋等 6 人參加的畫報編委會,重新研究制定《華北畫報》的編輯方針和具體計劃,新中國成立後,以開國大典為唯一內容,編輯出版了第 2 期《華北畫報》。

二、《華北畫報》圖像新聞的生產場域

對於圖像新聞意義的詮釋,主要關注三個場域,即圖像新聞的生產製作場域、圖像新聞的構成場域以及圖像新聞的傳播觀看場域。

1. 圖像新聞生產的技術性形態

（1）圖像新聞的製作形態與製作地點

華北畫報社成立時,正值解放戰爭進入戰略反攻階段,三大戰役即將開始。與宣傳任務的增加相比,技術條件的改善顯得比較有限。

1948 年 12 月,平津戰役開始,畫報社一面組織攝影人員到前線採訪,一面突擊製作放大照片,準備平津解放後在街頭展覽宣傳。當時畫報社已由平山孟嶺村搬遷至井陘河西村,住在老鄉家裏,條件很差。照片處理要用土造

日光放大器放大，放一幅大尺寸的照片曝光時間要十幾分鐘，工作效率很低。後來採用鏡子反光的辦法增強亮度，縮短曝光時間，又改裝了兩臺放大機，3臺機器同時放大，工作速度大大加快。工作人員在凜冽寒風中用清水漂洗照片。經過一個多月的突擊，才完成了放大照片的任務，製作了16寸放大照片300餘幅。[1]

圖 5-28　1948 年冬，華北畫報社暗室工作者冒著嚴寒，用井水漂洗照片

　　為戰爭進行宣傳工作，畫報社還廣泛向部隊徵求稿件。顧棣 1949 年 11 月寫的文章《新聞攝影資料工作中的幾個問題》中記載了這樣一件事：「1948 年 7 月間，某縱隊向我們發了 3 次稿，一共寄來 127 張底片。這一批材料，大都感光不勻，焦距不准，內容也不重要，故決定全部退回。結果使他們感到莫名其妙，摸不透底，不知道什麼樣的材料才夠得上我們選稿的標準，因此很長時間不敢寄稿了。待我們得知消息後，馬上寫信去，詳細說明了退稿的理由，並對他們做了多方面的鼓勵，在改進技術方面提出了意見，後來又恢復了正常的關係。」[2]這件事情也從側面表明當時攝影人員的技術水平亟待提高。

　　為了宣傳的需要，華北畫報社承擔起為軍區培訓攝影人員的任務。軍區攝影訓練隊畢業學員孟昭瑞、白世藻、李祖慧、石丙立、姜繼書等 10 人被選

1　蔣齊生等：《中國攝影史 1937～1949》，中國攝影出版社，1998 年版，第 65 頁。
2　顧棣：《新聞攝影資料工作中的幾個問題》，沙飛影像研究中心，http://www.shafei.cn/center/dataset/hys/HYS_WGHB_01_02.html。

留充實到畫報社攝影、資料、通聯、展覽、暗室各業務組。[1]

　　圖 5-29 被認爲是華北畫報社翻譯的日本攝影書籍的手稿，封面蓋有「華北畫報社」的印章，分別爲《天然色攝影術》《新興攝影術》《攝影構圖的把握法》《關於攝影》，這應是華北畫報社用於內部攝影教學使用的。

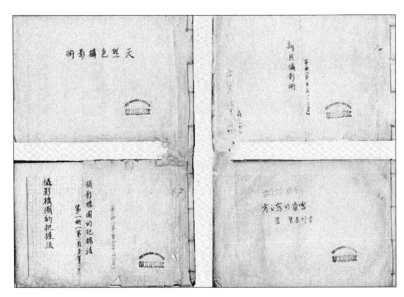

圖 5-29　由華北畫報社用於內部攝影教學的手稿

（2）圖像新聞製作的物質資源

　　華北畫報社的資料管理從《晉察冀畫報》時期就已經開始進行，晉察冀畫報社和人民畫報社合併爲華北畫報社時，兩個資料組也合併起來，人民畫報社帶來了 3000 多張底片。《冀中畫報》停刊以後，也將全部資料合併到華北畫報社來。三個地區的資料合併在一起，使材料更充實豐富，同時也爲資料管理帶來了挑戰。

　　1948 年底，華北畫報社資料組還把中央委託代整的 5000 多張底片、放大照片整完，並把大同戰役至保南戰役 3000 多張底片及積存的 10000 多張放大照片全部整好，同時還把交換來的 70 多種報紙也初步整理了一下，最後還協助宣傳部和展覽組完成了準備到平、津展覽的 10 套放大照片。

　　1949 年，進入北平之後，畫報社資料組除提供外單位所要的材料外，還主動供給十數個報社的稿件，並大量供給了部隊所需的展覽照片，和展覽組

1　顧棣：《中國紅色攝影史錄》，山西人民出版社，2009 年版，第 81 頁。

配合，結合當前中心任務，有計劃地組織北平的展覽工作。除堅持做好正常工作，還抽空把八年抗戰的材料剩餘的那部分底片全部整理完畢。顧棣在《新聞攝影資料工作中的幾個問題》中寫道：「（當時）我們準備把底片的口袋和保存箱和保存袋全部改為新式的，保存時間長久的底片全部水洗一遍，每張照片至少要放大一份 6 寸照片，以備翻版之用。常用的和比較重要的底片一律翻版，普遍的使用，就用翻版底片，畫報稿子和放大 8 寸以上者才可取用原版。存放底片的屋子要和辦公室、寢室隔離，並安裝防火設備，使我們的底片不受任何損失。」

這些工作為華北畫報社出版的報刊提供了大量背景性、資料性的圖片，也為建國後解放軍畫報社的圖片庫建設打下了基礎。

2. 圖像新聞生產的構成性形態

（1）創作者身份與讀者身份

《華北畫報》《華北畫刊》為華北軍區政治部所辦，它的讀者對象主要是解放軍部隊的官兵，而解放軍士兵主要的來源是農民。「來源於農民的解放軍士兵」這一身份決定了這樣幾點：一是他們往往不識字；二是他們對土地問題有天然的關注；三是他們對畫報的閱讀往往是公開化、集體化的。

不識字，因而圖畫宣傳特別重要。毛澤東指出，圖畫宣傳「對於民眾影響很大」、「最能激動工農群眾」。[1]圖畫宣傳形象生動，即使沒有文化的人也能看懂，容易被廣大民眾所接受。關注土地問題，因而對土地改革的宣傳不僅能讓普通百姓紛紛支持革命，而且能激發這些來源於農民的士兵的戰鬥熱情。公開化、集體化的閱讀是因為官兵閱讀時間多為作戰空餘時間，閱讀場所多在前線或部隊駐地的宣傳欄前或牆報前（圖 5-20），這種非個人化、非私密性的信息接受方式同時也擯棄了對信息的個人化、私密性的思考。這三點對於強化報刊的宣傳力量而言，都是有利的。

（2）報導對象

無論是《華北畫報》還是《華北畫刊》，新聞圖像中所涉及人物的性別均「以男性為主」，但是《華北畫報》中涉及女性的圖像要明顯多於《華北畫刊》，「以女為主」和「男女均有」的圖像合計超過了三成，這與它們的報導內容直接相關。《華北畫刊》的報導以「戰爭信息」為主要內容，而《華北畫

---

1 吳繼金：《中共領導的革命美術鬥爭述論》，《中共黨史研究》，2009 年第 3 期。

報》的報導中「遊行集會」類圖片最多、「百姓社會生活」和「戰爭信息」占比持平，無論是「遊行集會」類圖片還是「百姓社會生活」類圖片，女性都是其中不可或缺的一部分。在以女性爲主的圖像中，女性主要是以女學生、老百姓等沒有明顯社會職業特徵的形象出現。這說明當時參與社會活動的女性遠遠少於男性。

　　《華北畫報》新聞圖像所涉及人物的職務身份主要以「軍官、士兵」和「普通百姓」爲主，分別占總數的 51.89% 和 41.08%；《華北畫刊》中這兩種職業身份的占比爲 70.51% 和 18.80%，其他職務身份占比都極少。這個時期，中國共產黨在解放區開展土地改革，爭取民衆支持，與此同時，解放區的報刊宣傳「軍民一家」，宣傳「魚水深情」，爲了支持前線，「翻身農民」以各種方式投身於解放戰爭，這在《華北畫報》《華北畫刊》的圖片中都有充分體現，即那些統計中歸類於「普通百姓」的圖片。另外，當時「軍官、士兵」在解放區生活，與民同吃同住；「普通百姓」投身於戰爭，與兵同生共死，《華北畫報》《華北畫刊》中「軍官、士兵」與「普通百姓」同時出現的圖片分別有 18 幅和 28 幅，亦佔有較高比例。

三、《華北畫報》圖像新聞的構成場域

1.《華北畫報》新聞類圖像的題材選擇

　　從前文的統計中可以看出，「戰爭信息」佔了絕對多數，「遊行、集會」類圖片數量也比較多。除「戰爭信息」、「遊行、集會」之外，解放區人民的生活類圖片也佔了較大比重。

　　（1）戰爭信息

　　《華北畫報》是一份大型畫報，出版週期長，除了面向軍隊讀者外，還向地方發行，在題材選擇上，軍事信息是其中很重要的一部分。《華北畫刊》是一份小型畫刊，它的出版週期短，面向軍隊讀者出版，所以在題材選擇上，更加注重戰爭信息。但這兩者有共同的宣傳任務，就是宣傳自己和揭露打擊敵人，也正因此，它們在戰爭題材的選擇上有共同之處。

　　《華北畫刊》第 3 期和《華北畫報》第 2 期都刊登了臨汾攻堅戰專題，其中有不少於 15 張照片同時被《華北畫報》和《華北畫刊》採用，圖 5-30 就是其中的一張，並且在兩刊上都以大篇幅發表。這張照片的背景有醒目的一排大字「鞏固與提高臨汾戰役的攻堅戰術經驗，向解放全華北的勝利道路上

前進」，照片的主體是數量眾多的解放軍官兵整齊列隊集中在一處開闊地帶，
為了突顯陣地中的炮列，士兵們全部蹲坐在地上。

圖 5-30　「臨汾旅」慶功大會專輯

（2）遊行、集會

遊行、集會類照片在《華北畫報》上數量尤其多。一般而言，提到「遊
行」人們會把它與「示威」、「抗議」聯想起來，但華北畫報上的遊行集會類
圖片絕大多數表達的是歡欣鼓舞之情。有兩個專題與此類遊行相關，一是「布
拉格世界青年節」專題圖片，二是「開國大典」專題圖片。

（3）解放區生活

除「戰爭信息」、「遊行、集會」之外，百姓生活類圖片也佔了相當的比
重。在反映百姓生活的圖片中，有解放區百姓幸福生活的圖片，也有反映從
國民黨統治下解放出來的地區百姓悲慘生活的圖片，這在《華北畫報》第 1
期「為平分土地而鬥爭」專題圖片中有集中體現。

「為平分土地而鬥爭」專題由六組圖片構成，分別是《中國土地法大
綱》《農民的隊伍組織起來》《農民苦》《說理、申訴》《農民的血汗地主的財
富》《平分圖》《平分謠》。這兩組圖片及其文字說明，觀點鮮明地體現了在共

產黨領導下農民生活發生的翻天覆地的變化。

　　除了表現百姓生活的圖片，還有兩類圖片也與解放區的生活相關：一類圖片的主人公是軍官、士兵，還有一類圖片的主人公是普通百姓。前文統計時將這兩類圖片都歸入了「其他」這一類別。這兩類圖片正是解放區生活的典型體現。

圖 5-31　農民苦：春暖花開還穿棉，貧農無錢換布衫

圖 5-32　平分謠：分了地，男的耕種女紡織

圖 5-33　向艱苦奮鬥的劉鄧大軍學習

2. 圖像新聞的發生地

華北畫報社的圖片報導以國內新聞為主。無論是《華北畫報》還是《華北畫刊》，在刊登圖片時，其文字說明往往注重點明事件的意義，而不太重視補充事件的事實，不僅極少注明事件發生的地點，甚至有時故意隱去事件發生在何地，在文字說明中以「某地」或「X地」來代表。因此，這裡沒有對其所刊的圖像新聞進行本埠和外埠的區分，只分析能從圖片本身做出判斷的新聞發生的具體地點。

3. 非新聞類圖像類型及題材選擇

前文中分析過，畫報和畫刊非新聞類圖片所涉及的內容包括漫畫、書法國畫、人物肖像和其他這四項。在這四項中，書法和國畫共只有兩幅，我們不作單獨分析和舉例，其他三項的數量接近，都約占非新聞圖像的三分之一。

（1）漫畫

隨著攝影人員的增加和設備條件的改善，漫畫類作品逐漸不再用於表現真實新聞事件，而用虛構或半虛構的事實表達觀念。

《華北畫刊》第 10 期刊登了一組題為「櫃子裏的秘密」的漫畫，共 5 幅，說的是這樣一件事：

　　　　某部進入察南作戰。那裡的老百姓受蔣傅匪亂抓壯丁的苦，青

年人輕易不敢露面。一天，某部機槍班進入一老大娘的房子，大娘
慌慌張張地把一口櫃子鎖起來。……那同志對大娘說：「我們是人民
解放軍，是老百姓自己的隊伍。」大娘一聽說是解放軍，歡喜得兩
手抱著那同志。大娘急急忙忙地把櫃子的鎖開了，一邊揭櫃蓋，一
邊嘴裏喊著：「孩子，不用怕了，趕快出來吧，是咱自己的隊伍來
啦！」……

　　在對這件事的文字講述中，沒有涉及任何可以查證的事實，時間缺失，
地點缺失，人物沒名沒姓。這類漫畫作品還有《華北畫刊》第 4 期的《人民
軍隊紀律嚴》[1]、第 5 期《四十兩金子》[2]、第 7 期的《解放軍搶救人民，人民
熱愛解放軍》[3]、第 8 期的《一把斧頭的故事》[4]等。在《華北畫報》中，用於
表達觀念的漫畫作品與事實的界限更加清晰，不再用文字通過故事的講述進
行，而用圖畫本身的力量表達觀念，代表作品有《華北畫報》第 1 期《訴苦》
《鬥爭地主》[5]等木刻版畫和《傅匪暴行》[6]、《同胞們給我們報仇哇！》等手
繪漫畫。

圖 5-34　訴苦（《華北畫報》第 1 期）

1　《華北畫刊》第 4 期，《晉察冀畫報影印集》，第 1375 頁。
2　《華北畫刊》第 5 期，《晉察冀畫報影印集》，第 1380 頁。
3　《華北畫刊》第 7 期，《晉察冀畫報影印集》，第 1388 頁。
4　《華北畫刊》第 8 期，《晉察冀畫報影印集》，第 1391 頁。
5　《華北畫報》第 1 期，《晉察冀畫報影印集》，第 1439 頁。
6　《華北畫報》第 1 期，《晉察冀畫報影印集》，第 1452 頁。

圖 5-35　同胞們，給我們報仇哇！

（2）人物肖像

在《華北畫報》和《華北畫刊》中出現的人物肖像主要是這樣兩類：一是中國共產黨領導人的肖像；二是被俘國民黨官兵的肖像。其中，被俘國民黨官兵的肖像數量尤其多。需說明的是，在畫報和畫刊中表現俘虜的照片有一部分是被歸入新聞圖像進行統計的，但對於那些只出現人物頭像，無背景或背景單一且缺乏拍攝時間信息的，在統計中則被歸入非新聞圖像的「人物肖像」類。

圖 5-36　俘虜肖像（《華北畫報》第 8 期，第 139 頁）

圖 5-36 中的 3 幅國民黨軍官俘虜肖像，背景相同，且三人為同一次戰役中被俘，應為被俘後由解放軍攝影人員統一拍攝的照片。其中第二幅照片拍攝角度為從下向上仰角拍攝，人物面目猙獰，給人以一種頑固抗拒的「頑匪」印象；另外兩幅也顯得灰頭土臉，給人以烏合之眾似的「潰匪」印象。被俘國民黨軍官肖像並不總是如此，也許與圖片資料的來源有關，畫刊第 9 期「短命司令區壽年」和「特務頭子康澤」的肖像[1]以及畫報第 1 期「羊山集之戰」中俘虜的肖像都是衣著整齊容貌端正的，依據背景判斷，這些照片有可能是從資料照片上截取頭像而來。

華北畫報社資料組組長顧棣 1949 年 1 月 7 日的工作日誌中記載一位名叫李文芳的工作人員「又整理一份給編輯組發稿照片本。包括內容是將級俘虜、部隊生活、冀中中學教育會議、軍教團釋俘等 20 餘張」[2]。這也從側面說明了這類俘虜照片並非新聞照片，而是資料照片。

四、《華北畫報》圖像新聞的傳播場域

傳播場域是圖像意義得到實現的最終場所。不同的傳播場域中受眾對於圖像的解讀是不同的。而且，對於傳播場域來說，當時的社會形態對於傳播效果起著至關重要的作用。

1. 土地改革

1947 年中國共產黨在河北省平山縣西柏坡村召開全國土地會議，制定和通過了徹底實行土地改革的《中國土地法大綱》，並於 10 月 10 日經中共中央批准正式公布。其中規定：「廢除封建半封建剝削的土地制度，實行耕者有其田的土地制度」；「鄉村農會接收地主的牲畜、農具、房屋、糧食及其他財產，並徵收富農上述財產的多餘部分」；「鄉村中一切地主的土地及公地，由鄉村農會接收，連同鄉村中其他一切土地，按鄉村全部人口，不分男女老幼，統一平均分配」。在這個大綱的指引下，土地改革運動在解放區廣大農村迅速掀起。

1948 年，華北畫報社成立。此時解放戰爭正進入戰略反攻階段，中國共產黨要竭力爭取人民，以取得戰爭的勝利。身處解放區的《華北畫報》對土

1　《華北畫刊》第 9 期，《晉察冀畫報影印集》，第 1393 頁。

2　顧棣日記摘編──1949，沙飛影像研究中心，http://www.shafei.cn/center/dataset/hys/HYS_GDrj_1949_01.html。

地改革運動進行了大量的宣傳報導。

圖 5-37 是《華北畫報》第 1 期「為平分土地而鬥爭」專題中的一個版面，這個版面的背景是用摳圖的手段摳出一張張農民的笑臉，這些笑臉的上方，是由 9 幅圖片拼版而成的對中國土地法大綱的報導圖片，極富感染力。這個版面還配有這樣的文字：

> 美聯社一位駐華記者不得不承認土地法大綱將是取得戰爭勝利的強有力的武器之一。美國《紐約先驅論壇報》驚呼：「中國農民世世代代傾向土地革命」，並承認中國共產黨已有效解決了這個問題。美商上海《密勒氏評論報》也曾說：「農民的向背，不但決定國共兩黨的前途，而且將決定整個中國的命運。」

圖 5-37　農民解放的大寫意（《華北畫報》第 1 期）

土地改革運動極大地激發了億萬農民參軍參戰的熱情。在開展土地改革運動的同時，中國共產黨各級組織進行了有效的戰爭動員，將保衛土改勝利果實與打倒蔣介石有機地結合起來，從而使參軍、支前成為解放區農民的自

覺行動。爲了支持前線，翻身農民踊躍交納公糧、參加戰勤，以各種方式投身於人民解放戰爭，他們用非常原始的運輸工具——牛車、毛驢、扁擔、背架，以及兩手、雙肩，保證了規模巨大的戰爭供給。這些在華北畫刊的圖片中都有體現。

2. 進入北平

1949 年 1 月 30 日，北平解放。2 月 18 日，華北畫報社離開農村，隨軍區領導機關一起進入北平。

《華北畫刊》1949 年 4 月 21 日第 12 期刊登了 2 月 3 日解放軍進入北平的入城式。當時只有 19 歲，在華北畫報社從事攝影工作的孟昭瑞，對此有這樣一段回憶[1]：

> （傅作義接受了和平解放北平的條件）1 月 31 日和平協議生效，2 月 3 日舉行解放軍北平入城式。我是乘一輛繳獲的美國吉普車先行進入北平城的。那天天氣很冷，我從頭到腳穿的都是從國民黨軍隊裏繳獲的行頭。上午 9 時，入城式開始，一隊威武的騎兵首先開進永定門，緊跟的是十輛卡車牽引的榴彈炮。炮兵陣營的出現振奮著人民的心，夾道歡迎的人群裏爆發出陣陣歡呼的口號。清華大學的學生們紛紛爬上炮車，把「熱烈歡迎解放軍！」「打過長江去，解放全中國！」「毛主席萬歲！」「朱總司令萬歲！」的標語貼在炮筒上，激起歡樂的高潮。入城式一直進行到下午 2 時，我拍了十幾個膠卷，這在那個年代是很奢侈的。那一天，我是在極度興奮中度過的。

結語

1945～1949 年的中國，時局動盪、社會紊亂，然而此時的新聞傳媒發展卻異常活躍，報刊出版業發展迅猛。民國南京政府後期，圖像印刷出版的技術條件有所改善和進步，圖像媒介已經可以真實地反映當時社會的狀況，成爲新聞信息傳播的有效載體，因此圖像新聞業的發展尤盛。

民國時期作爲中國歷史從封建傳統向現代開化轉型的重要時期，在沒有

---

1 劉鐵生：《鏡底波濤，在歷史長河裏洶湧澎湃——著名軍事攝影家孟昭瑞訪談錄》，《軍事記者》，2008 年 9 月。

電視新聞、少見電影新聞的年代，畫報畫刊將視覺圖像作爲新聞信息傳播的主體，輔以文字說明，正好符合新聞性、商業性、娛樂性等特點於一身的傳播媒體特徵，一方面畫報畫刊的出版順應社會的需求，自身得到很大的發展；另一方面，畫報登載的圖像新聞滿足了人們對於新聞信息的渴求、同時也極大地豐富了當時社會的文化生活。

總結語

　　民國時期的圖像新聞主要有兩種表現形式，一種是以平面媒體呈現出來的手繪圖形和攝影圖片；一種是以動態影像呈現的電影影像。

　　圖像是圖形與影像的總稱。這種面性、共時、感性的描繪方式建構了人類視覺文明的基礎，也形塑了視覺文化的基本樣態。圖像既包括非等比縮放的圖像，也包括等比縮放的技術性影像。影像是圖像的一種，指使用機具技術對現實物象進行等比縮放的圖像。如用照相機、電影機、攝相機等技術性工具拍攝的對現實物象進行等比縮放的影像等。

　　圖像新聞是指使用視覺圖像呈現和傳遞的，並輔以簡潔而必要的文字說明的新聞信息。

　　在一些人眼裏，圖像新聞是舶來品。的確，從攝影術的發明到新聞照片的普及；從攝影機的運用到電視在現代傳媒中的霸主地位，當代圖像新聞傳播的每一項技術和傳播理念的推介無不帶有西方文化和技術的烙印。但如果我們深入地考察一下中國的新聞傳播史就會發現，其實中國圖像傳播技術的應用是遠遠領先於世界上其他國家的。

　　圖像新聞最初並沒有資格像文字新聞那樣登上報刊的版面，在早期的各種新聞報紙刊物上根本就沒有它的蹤影。後來的研究者將這種落後於西方近代的情況歸納為甲乙丙丁幾點。實際上，綜合起來看不外乎兩條：一是近代中國文人士大夫以文取義，以文報國，以文為榮尚，文章成為全體「國民」的頭等大事，而圖式和圖像，則被看做是匠人的勞作之事而已，是販夫走卒、農人文盲之事；二是在物質技術文明上曾一直領先於世界的中華帝國在近代封建皇權的統治下，閉關鎖國、夜郎自大，其技術能力早已大大落後於

西方列強，更別說創造能力，發明了印刷術的中國人反而要在幾百年後從西方引進從中國傳出去的石版印刷術。這樣一來，圖像新聞的傳播形式就從思想和技術兩方面受到制約，落後於西方也就沒有什麼好奇怪的了。

直到鴉片戰爭之後，在這個有著「左圖右史」學術傳統的國度裏，才有人文畫採用西方近代的透視法，描摹「時事」，給人們一個「上至宇宙之大，下至蒼蠅之微」「都有些切實」（魯迅語）的世界。圖像新聞的形式也才在這個具有圖像學問功底的東方大國得以發展。

當然，民國時期社會的急劇動盪，也為「圖像新聞」提供了「用武之地」。一時間各種以「時事畫」為名出版的「圖畫日報」以及「畫報」、「畫冊」達800多種。由中國畫師採用西方透視畫手法而作的「時事畫」，畫面構成緊湊，線條遒勁簡潔，場景、人物都很生動，令國人眼界大開。這種「時事畫」的形式很快風靡全國，有力地推動了民國時期報刊出版業的發展。最初，這些「圖畫」報刊中的「時事畫」都還不是現代意義上的圖像新聞。新聞史學家戈公振先生對此有過確切的描述：「我國報紙之有圖畫，其初純為曆象、生物、汽機、風景之類，鏤以銅版，其費至巨。石印既行，始有繪畫時事者，如《點石齋畫報》《飛影閣畫報》《書畫譜報》等是。」隨著西方石印技術的引入，「開始有關於時事新聞的畫報出世」，圖像新聞就像拓片一樣，拓印著民國時期社會的歷史事實，痕跡性地保存了民國時期社會形態的碎片，勾勒出了民國時期中國人的社會臉譜。

民國時期的圖像新聞記錄著民國期間發生的一件件的大事和映入眼簾的「小事」，為記錄當時的社會生活狀態和文化習俗以及國家的政治、軍事、經濟、外交等活動留下了可供視覺考察的歷史對象，這是此前任何一種視覺文化的方式不曾系統而有意地做過的。如民國時期的「時事畫」雖然不是彩色影像的全景透視記錄，也不如黑白影像的影調分層次表達，它只有墨痕和空白，但這種簡約的圖像已勝過千言萬語對社會生活形態的描述。如果擇其幾幅托裱，其社會文化效果遠較《清明上河圖》更加細微和真實，更具社會生態性。在各種勢力你方唱罷我登臺的走馬燈似的民國社會舞臺上，演繹著一幕幕人間活話劇，使這一時期的「圖像新聞」具有了其他任何形式都無法比擬的記錄價值，圖像新聞成為那個時代的生態博物館。因此，新聞性漫畫在民國初年異常盛行。

在那個沒有電視新聞媒體、稀有電影新聞媒體的年代，新聞漫畫就如同

今日的電視直播，將社會各個方面各個角落都一一納入視野進行描繪和形象報導，可謂無孔不入，無所不及。筆者因為教學和科研的原因，曾接觸比較多的晚清和民國報紙雜誌上刊登的新聞圖像，為了便於統計、識別，檢索和研究，將這一時期的圖像新聞報導題材細分為一百六十餘種，但仍然容納不了當時圖像新聞報導所涉獵的各種社會題材。民國時期的新聞漫畫涉獵的範圍之廣，涉及的報導主題之深是令人驚歎的，為後人留下了一筆豐厚的文化遺產。甚至可以這樣說，民國時期的新聞性圖像就如同楚辭、漢賦、唐詩、宋詞、元曲、明清小說一樣，已經成為了中華文化皇冠上的璀璨明珠。

本卷主要考察民國時期的圖像新聞出版和新聞圖像的發表方式，如新聞攝影、新聞漫畫和新聞電影等等。雖然也做了一些個案研究，但面對複雜多變的民國社會，這些不足以說明民國時期的圖像新聞特徵。總的說來，本研究只是對民國時期的圖像新聞業進行了約略的、大概的描述，真可以說是掛一漏萬、顧此失彼。

對於民國時期圖像新聞業的研究，無論是從理論層面還是從實踐層面而言，其意義都非常重大。因為圖像是人類認知的一種手段，是信息傳播的文本，是社會記錄的地圖。民國時期的圖像新聞就如同一幅民國時期的《清明上河圖》，研究這一時期的圖像新聞，無異於拼貼一張民國時期的社會臉譜，還原民國社會的生活形態，展現一幅民國時期的風俗畫長卷，極具新聞史、思想史、文化史和人類學等方面的學術價值。

圖例索引

第三章

第四章

引用文獻

一、中文

1. 戈公振：《中國報學史》，上海古籍出版社，2003 年版。
2. 顧棣、方偉：《中國解放區攝影史略》，山西人民出版社，1989 年版。
3. 胡志川、陳申編：《中國早期攝影作品選》，中國攝影出版社，1987 年版。
4. 胡志川：《中國攝影史（1840～1937）》，中國攝影出版社，1987 年版。
5. 黃遠林編著：《百年漫畫（上、下卷）》，現代出版社，2000 年版。
6. 蔣齊生、舒宗僑、顧棣編著：《中國攝影史：1837～1949》，中國攝影出版社，1998 年版。
7. 蔣齊生：《新聞攝影一百四十年》，新華出版社，1989 年版。
8. 李瑞峰、彭永祥：《中國攝影家協會研究室編中國攝影史料第四輯：世界攝影年譜（上）》，1982 年版。
9. 李瑞峰、彭永祥：《中國攝影家協會研究室編中國攝影史料第五、六輯合刊：世界攝影年譜（下）》，1983 年版。
10. 劉一丁：《中國新聞漫畫》，中國青年出版社，2004 年版。
11. 沈建中編：《抗戰漫畫》，上海社會科學院出版社，2005 年版。
12. 吳群：《中國攝影發展歷程》，新華出版社，1986 年版。
13. 伍素心編著：《中國攝影史話》，遼寧美術出版社，1984 年版。
14. 謝其章：《漫畫漫話》，新星出版社，2006 年版。
15. 謝其章：《漫話老雜誌》，山東友誼出版社，2000 年版。
16. 祝均宙：《圖鑒百年文獻：晚清民國年間畫報源流特點探究》，華藝學術，2012 年版。

17. 馬光仁主編：《上海新聞史：1850～1949（第2版）》，復旦大學出版社，2014年版。

18. 馬運增主編：《中國攝影史（1840～1937）》，北中國攝影出版社，1987年版。

19. 甘險峰編著：《中國新聞攝影史》，中國攝影出版社，2008年版。

20. 上海攝影家協會等編：《上海攝影史》，上海人民美術出版社，1992年版。

21. 仝冰雪：《中國照相館史（1859～1956）》，中國攝影出版社，2016年版。

22. 甘險峰：《中國漫畫史》，山東畫報出版社，2008年版。

23. 畢克官、黃遠林：《中國漫畫史》，文化藝術出版社，2006年版。

24. 陳維東主編：《中國漫畫史》，現代出版社，2015年版。

25. 謝其章：《漫畫漫話：1910年～1950年世間相》，新星出版社，2006年版。

26. 劉梓良主編：《中國百年新聞經典（漫畫卷）》，人民出版社，2013年版。

27. 單萬里：《中國紀錄電影史》，中國電影出版社，2005年版。

28. 陸弘石：《中國電影史1905～1949：早期中國電影的敘述與記憶》，文化藝術出版社，2005年版。

29. 皇甫宜川：《中國戰爭電影史》，中國電影出版社，2005年版。

30. 倪駿：《中國電影史》，中國電影出版社，2004年版。

31. 程季華等：《中國電影發展史：初稿（第一卷）》，中國電影出版社，1963年版。

32. 高維進：《中國新聞紀錄電影史》，中央文獻出版社，2003年版。

33. 胡星亮、張瑞麟主編：《中國電影史》，中央廣播電視大學出版社，1995年版。

34. 邊國立：《中國軍事電影史（1905～2001）》，中國電影出版社，2012年版。

35. 王曉玉主編：《中國電影史綱》，上海古籍出版社，2003年版。

36. 方方：《中國紀錄片發展史》，中國戲劇出版社，2003年版。

37. 周承人、李以莊：《早期香港電影史：1897～1945》，上海人民出版社，2009年版。

38. 李多鈺主編：《中國電影百年》，中國廣播電視出版社，2005年版。

39. 陳墨：《百年電影閃回》，中國經濟出版社，2000年版。

40. 葉淺予：《葉淺予自傳：細敘滄桑記流年》，中國社會科學出版社，2006年版。

41. 黃元起主編：《中國現代史（上》，河南人民出版社 1982 年版。

42. 上海圖書館編：《老上海漫畫圖志》，上海科學技術文獻出版社，2010 年版。

43. 黃茅：《漫畫藝術講話》，商務印書館，1943 年版。

44. 中國左翼戲劇家聯盟：《最近行動綱領》，1931 年版。

45. 戰地新聞社：《喚醒民眾的愛國教科書》，載《十九路軍抗日戰史特輯》，1932 年版。

46. 周利成編著：《中國老畫報・上海老畫報》，天津古籍出版社 2011 年版。

47. 阮元春、胡光華：《中國近現代美術史》，天津人民美術出版社，2005 年版。

48. 沈建中：《時代漫畫》，上海社會科學院出版社，2004 年版。

49. 孫明經：《1937：戰雲邊上的獵影》，山東畫報出版社，2003 年版。

50. 國民黨中央執行委員會秘書處檔案：《國民黨中央宣傳部制定的《戰時電影事業統製辦法》》，1937 年版。

51. 方治：《中央電影事業概況》，載《電影年鑒》，電影年鑒編纂委員會編，出版年不詳。

52. 《老照片》編輯部編：《老照片（第 32 輯)》，山東畫報出版社，2004 年版。

53. 李道新：《中國電影史（1937～1945 年)》，首都師範大學出版社，2000 年版。

54. 顧棣：《中國紅色攝影史錄》，山西人民出版社，2009 年版。

55. 羅光達主編：《晉察冀畫報影印集》，遼寧美術出版社，1990 年版。

56. 李彬：《全球新聞傳播史（公元 1500～2000 年)》，清華大學出版社，2005 年版。

57. 程之行：《新聞傳播史》，亞太圖書出版社，1995 年版。

58. 倪延年：《民國新聞史研究（2015)》，南京師範大學出版社，2015 年版。

59. 哈豔秋：《「勿忘歷史」：抗戰新聞史學術研討會文集》，中國廣播電視出版社，2016 年版。

60. 鄭貞銘：《世界百年報人》，復旦大學出版社，2006 年版。

61. 劉元、劉小林：《京都紀事（劉元民國時期新聞漫畫)》，江蘇人民出版社，2016 年版。

62. 周德明：《新聞時政》，上海科學技術文獻出版社，2016 年版。

63. 徐培汀：《中國傳播思想史（近代卷)》，上海交通大學出版社，2005 年版。

64. 鄭保衛:《中國共產黨新聞思想史》,福建人民出版社,2004 年版。

65. 胡太春:《中國近代新聞思想史》,山西教育出版社,1987 年版。

66. 虞吉:《中國電影史》,重慶大學出版社,2011 年版。

67. 童兵:《馬克思主義新聞思想史稿》,中國人民大學出版社,2013 年版。

68. 郭鎮之:《電視傳播史》,北京師範大學出版社,2000 年版。

69. 陳懷恩:《圖像學——視覺藝術的意義與解釋》,河北美術出版社,2007 年版。

70. 延百亮:《現代新聞攝影》,武漢大學出版社,2010 年版。

71. 李彬:《中國新聞社會史》,北清華大學出版社,2009 年版。

72. 陶菊隱:《記者生活 30 年——親歷民國重大事件》,中華書局,2005 年版。

73. 楊燕、徐成兵:《民國時期官營電影發展史》,中國傳媒大學出版社,2009 年版。

74. 韓叢耀、趙迎新主編:《中國影像史(10 卷)》,中國攝影出版社,2014 年版。

75. 韓叢耀:《圖像:一種後符號學的再發現》,南京大學出版社,2008 年版。

76. 韓叢耀:《圖像傳播學》,威士曼文化事業股份有限公司,2005 年版。

77. 韓叢耀:《新聞攝影學》,廣西美術出版社,1998 年版。

78. 韓叢耀等:《中國近代圖像新聞史:1840～1919(6 卷)》,南京大學出版社,2011 年版。

79. 韓叢耀:《圖像:主題與構成》,北京大學出版社,2010 年版。

80. 韓叢耀主編:《中華圖像文化史(40 卷)》,中國攝影出版社,2016 年版。

81. 《民國畫報彙編——北京卷(66 冊)》,全國圖書館文獻縮微複製中心,2007 年版。

82. 《民國畫報彙編——港粵卷(14 冊)》,全國圖書館文獻縮微複製中心,2007 年版。

83. 《民國畫報彙編——上海卷(100 冊)》,全國圖書館文獻縮微複製中心,2007 年版。

84. 《民國畫報彙編——天津卷(40 冊)》,全國圖書館文獻縮微複製中心,2007 年版。

85. 《民國畫報彙編——綜合卷(18 冊)》,全國圖書館文獻縮微複製中心,2007 年版。

86. 《民國漫畫期刊集粹(10 冊)》,全國圖書館文獻縮微複製中心,2004 年版。

87. 《民國珍稀期刊——立言畫刊（20 冊）》，全國圖書館文獻縮微複製中心，2007 年版。

88. 《清末民初報刊圖畫集成（13 冊）》，全國圖書館文獻縮微複製中心，2003 年版。

二、譯文

1. 〔德〕華特·本雅明著，許綺玲譯：《迎向靈光消失的年代》，臺灣攝影工作室，1999 年版。

2. 〔德〕馬丁·海德格爾著，孫周興譯：《林中路》，上海譯文出版社，2008 年版。

3. 〔法〕羅蘭·巴特著，許綺玲譯：《明室》，臺灣攝影工作室，1997 年版。

4. 〔法〕羅蘭·巴特、讓·鮑德里亞著·吳瓊等編譯：《形象的修辭：廣告與當代社會理論》，中國人民大學出版社，2005 年版。

5. 〔美〕E·潘諾夫斯基著，傅志強譯：《視覺藝術的含義》，遼寧人民出版社，1987 年版。

6. 〔美〕Nicholas Mirzoeff 著，陳芸芸譯：《視覺文化導論》，韋伯文化國際出版有限公司，2004 年版。

7. 〔美〕W·J·T·米歇爾著，陳永國、胡文徵譯：《圖像理論》，北京大學出版社，2006 年版。

8. 〔美〕保羅·M·萊斯特著，霍文利、史雪雲、王海茹譯：《視覺傳播：形象載動信息》，北京廣播學院出版社，2003 年版。

9. 〔美〕保羅·梅薩里著，王波譯：《視覺說服——形象在廣告中的作用》，新華出版社，2004 年版。

10. 〔美〕費正清等編，中國社會科學院歷史研究所編譯室譯：《劍橋中國民國史（上、下）》，中國社會科學出版社，1985 年版。

11. 〔美〕魯道夫·阿恩海姆著，滕守堯、朱疆源譯：《藝術與視知覺》，中國社會科學出版社，1984 年版。

12. 〔美〕約翰·菲斯克著，張錦華、劉容玫、孫嘉蕊、黎雅麗譯：《傳播符號學理論》，遠流出版事業股份有限公司，1997 年版。

13. 〔美〕潘諾夫斯基，戚印平、范景中譯：《圖像學研究：文藝復興時期藝術的人文主題》，上海三聯書店，2011 年版。

14. 〔日〕森哲郎編著，于欽德、鮑文熊譯：《中國抗日漫畫史》，山東畫報出版社，1999 年版。

15. 〔日〕前阪俊之、晏英譯：《太平洋戰爭與日本新聞》，新星出版社，2015 年版。

16. 〔英〕Gillian Rose 著，王國強譯：《視覺研究導論：影像的思考》，群學出版有限公司，2006 年版。

17. 〔英〕彼得‧伯克著，楊豫譯：《圖像證史》，北京大學出版社，2008 年版。

三、報刊

1. 石雅潔：〈《東方雜誌》辦刊特色研究〉，《上海社會科學院》，2007 年版。

2. 陳學聖：〈攝影在傳播時代——從民國期刊看攝影的發展〉，《美術館》，2009 年版。

3. 李潤波：〈彌足珍貴的民國全運會史料〉，《北京檔案》，2007 年版。

4. 能向群：〈20 世紀二三十年代上海畫報的興盛及其原因〉，《中國編輯》，2006 年版。

5. 中國第一歷史檔案館主辦：〈歷史檔案〉，《歷史檔案雜誌社》，2000 年版。

6. 韓叢耀：〈圖像傳播與文化轉向〉，《當代傳播》，2009 年版。

7. 韓叢耀：〈中華圖像文化史研究〉，《饒學與華學》，2011 年版。

8. 韓叢耀：〈視覺解讀的方法選擇〉，《新聞界》，2015 年版。

9. 孫晶：〈論民國時期漫畫類雜誌戰鬥性、啓蒙性及實用性的統一〉，《新聞傳播》，2013 年版。

10. 王劍萍：〈拂去歷史的積塵找尋溫暖的回憶〉，《淄博師專學報》，2007 年版。

11. 許燕：〈邵洵美的編輯出版思想探析〉，《出版發行研究》，2014 年版。

12. 俞瑋婭：〈上海漫畫的黃金歲月〉，《科技信息》，2013 年版。

13. 包立民：〈葉淺予與魯少飛（下）〉，《美術之友》，1994 年版。

14. 孫晶：〈論民國時期漫畫類雜誌戰鬥性／啓蒙性及實用性的統一〉，《新聞傳播》，2013 年版。

15. 吳繼金、賈向紅：〈國民黨製造的新聞漫畫風波〉，《黨史文苑》，2011 年版。

16. 楊昆：〈清末與民國時期漫畫期刊發展歷程〉，《出版發行研究》，2011 年版。

17. 陳陽：〈圖文編織中的都市風情——魯少飛的「漫畫上海」〉，《書城》，2013 年版。

18. 王一麗、劉學義：〈我國報刊早期漫畫初探〉，《編輯之友》，2014 年版。

19. 吳瓊：〈丁聰漫畫創作之路〉，《新文化史料》，1998 年版。

20. 汪家明、張光宇：〈遺忘的大師〉，《中國美術》，2013 年版。

21. 程勳蒼：〈《時代漫畫》所刊作品對於中國傳統美術的借鑒〉，《美與時代》，2010 年版。

22. 陳陽：〈困頓的前行者——解讀廖冰兄漫畫中的知識分子形象〉，《藝苑》，2011 年版。

23. 張玉花：〈論張光宇漫畫的社會批判性和裝飾性〉，《文藝理論與批評》，2010 年版。

24. 茅盾：〈站上各自的崗位——〈吶喊〉創刊獻詞〉，《吶喊》創刊號，1937 年版。

25. 良友畫報社：〈《良友》畫報〉，1926～1945 年版。

26. 救亡漫畫編輯部：《救亡漫畫》，1937 年版。

27. 中華圖書雜誌社：〈戰時畫報〉，新中華圖書公司，1937 年版。

四、網站

1. 范方鎮：《孫中山的航空救國主張與實踐》，http://shenyang0805.blog.163.com/blog/static/14012641820109141115551952/，2010-10-14/2012-9-15。

2. 任知：《天津老畫報鈎沉》，http://blog.sina.com.cn/s/blog_4ff891ac0100vdgi.html，2011-10-22。

3. 維基百科：《孔祥熙——維基百科，自由的百科全書》，http://zh.wikipedia.org/zh-cn/孔祥熙，2012-10-30/2012-11-2。

4. 文獻河南：《論民國時期的「航空救國」》，http://blog.sina.com.cn/s/blog_4f94fb100100z9i6.html，2011-12-28/2012-10-21。

5. 薛理勇：《回眸：時代的縮影——舊上海四大彩票組圖》，http://gb.cri.cn/9223/2005/12/07/1266@812076.htm，2005-12-07/2012-8-20。

6. 中華讀書報：《民國名媛》，http://www.gmw.cn/01ds/2005-01-26/content_173465.htm，2005-1-26。

後　記

　　加入到以南京師範大學倪延年教授爲首席專家的國家社科基金重大招標項目「中華民國新聞史」的科研團隊是件十分幸運的事。這個學術研究團隊在倪先生的領銜下，溫暖、向上，富有朝氣和活力，大家在一起做科研既能互幫互學、又能優勢互補，開心且愉快。這本該是學術共同體應有的模樣，科研也就該就這樣做，但久違之感的找回，實屬不易。

　　本卷按照首席專家倪延年教授總體研究框架的要求，由本人設計「民國時期的圖像新聞業」寫作框架，尋找相關的圖文研究資料，布置給我的博士研究生進行文本寫作，最後再由本人統稿，並進行補充、完善和修訂。

　　各章節的具體寫作分工如下：

　　第一章由韓叢耀負責完成；

　　第二章由季芬負責完成；

　　第三章由王燦負責完成，其中《時代漫畫》個案研究由金丹完成；

　　第四章由賈登紅負責完成，其中《晉察冀畫報》個案研究由揚州大學楊健博士完成；

　　第五章由楊永強、陳志偉負責完成，其中《華北畫報》個案研究由陳娟完成。

　　本卷寫作得到好友孫慨、范文霈、陶開儉的熱情幫助，使用他們的許多研究資料；得到彭永祥及季芬的授權，同意使用《中國畫報畫刊：1872～1949》一書中有關中國近現代圖像出版資料的部分內容，對他們的支持致以謝意。

　　另外，本卷使用了許多前輩學人和當代學者、專家的研究成果，我們盡

可能標注示出，以示感謝，如有遺漏或者錯誤之處，本人承擔一切應盡之責，並致以深切的歉意。

民國時期，政局動盪、社會複雜，頭緒眾多、樣態各異，圖像新聞出版和傳播形式也是千姿百態，圖像新聞業態更是複雜多樣。本研究文本只是一個約略的描述，科學系統和精準的研究文本還需要長時間的系統梳理和深化研究。

由於該研究文本是多人執筆撰寫，文字風格不盡一致；同時由於經驗不足，內容深淺程度不盡如意。這些問題和不足，在統稿中只能部分地解決，大的改進則要俟諸來日。

研究文本還有許多不當和錯誤的地方，懇切希望方家和讀者給以批評和指正。

韓叢耀

2018 年 12 月 2 日